मंटो की मोज़ेल

मूल कहानी
सआदत हसन मंटो

नाट्य रूपान्तर
प्रेरणा अग्रवाल

डायमंड बुक्स
www.diamondbook.in

प्रकाशक : डायमंड पॉकेट बुक्स (प्रा.) लि.
X-30, ओखला इंडस्ट्रियल एरिया, फेज-II
नई दिल्ली-110020
फोन : 011-40712200
ई-मेल : sales@dpb.in
वेबसाइट : www.diamondbook.in

MANTO KI MOZEL
By : Saadat Hasan Manto and Prairna Agarwal

मेरी पहली किताब समर्पित है उनको,
जो मेरे जीवन में महत्वपूर्ण स्थान रखते हैं और
उन्हीं सबसे मेरी ज़िन्दगी है:-

मेरी माँ समान बड़ी दीदी, पूर्णिमा दी।

मेरी ज़िन्दगी, मेरे हमसफ़र, नवीन अग्रवाल।

मेरे विनय भाई (विनयशील चतुर्वेदी),
जो मेरे लिए ईश्वर के समान हैं।

मेरा बेटा ऋषि (ऋषि व्यास), जो मेरे दिल से पैदा हुआ
है, जिसने बेटा होने के फ़र्ज़ निभाए हैं।

- प्रेरणा अग्रवाल -

मेरी बात

वर्षों पहले मैंने मंटो की कहानी "मोज़ेल" पढ़ी थी। कहानी मुझे आंदोलित कर गई, कहीं भीतर तक हिला गई। तभी सोच लिया था, कि इसका नाट्य रूपान्तर भी करूँगी और मंच पर प्रस्तुत भी करूंगी। अब जब इसका नाट्य-रूपान्तर करने की सोची तो सामने अनेक चुनौतियां थीं। कैसे इसे मंच की सीमाओं में बाँधा जाए। फिर लगा, कि कहानी का मुख्य कथ्य "इंसानियत से बड़ा न कोई धर्म है, न मज़हब, न सभ्यता", ये बात पाठकों और दर्शकों तक सम्प्रेषित हो गई तो नाटक सफल हो जाएगा। बस इसी बात को ध्यान में रखकर मैंने रूपांतरण की एक रुपरेखा बना ली और अपने काम में पूरी लगन, मेहनत और ईमानदारी से जुट गई। पर कहानी का क्लाइमेक्स मंच पर दिखाना सम्भव न था, तब उसे किस प्रकार दर्शकों तक पहुँचाया जाए, ये सोचना था। फिर उस पूरे क्लाइमेक्स को जस का तस दर्शकों तक पहुँचाने में सफलता मिली, त्रिलोचन के दर्द के साथ, उसके नेरेशन के ज़रिये। मोज़ेल की मृत्यु को प्रत्येक दर्शक ने अपनी कल्पना के अनुसार अपनी आँखों के समक्ष देखा और यहीं से मोज़ेल उनके दिलों में अपनी जगह बनाने में कामयाब हो गई। जिस तरह "मोज़ेल" का नाट्य रूपान्तर करते समय मैं सैकड़ों बार अभिभूत हुई और हज़ारों बार रोई, उसी प्रकार मोज़ेल की प्रस्तुति देखते हुए दर्शक भी रोए और अभिभूत होकर गए। एक यहूदी लड़की जो अपने बिंदास व्यक्तित्व के कारण नाटक के प्रारम्भ में आकर्षण का केन्द्र बनती है, जब वही अंत में अपने नग्न जिस्म से त्रिलोचन की पगड़ी हटाकर ये कहती है कि "बिना किसी धर्म को ओढ़े मरना चाहता है हम", तो इतना बड़ा सन्देश दिलो दिमाग़ को जैसे वशीभूत कर जाता है। नाटक समकालीन बन जाता है। काल, देश, धर्म से परे ये नाटक आज का नाटक बन जाता है, ये हमारी बात कहता है, ये सबके मन की बात कहता है। कहानी में मंटो चरित्र के रूप में कहीं नहीं है,

लेकिन मैंने मंटो को भी एक चरित्र के रूप में चुना। वह अपने नैरेशन से कहानी की शुरुआत तो करते हैं, दर्शकों के सम्मुख एक लेखक के रूप में सामने तो आते हैं, लेकिन तुरन्त ही एक चरित्र के रूप में ढल जाते हैं और अपने पात्रों के साथ परस्पर बातचीत करने में संलग्न हो जाते हैं। कभी वो ख़ामोशी से पात्रों की मनःस्थितियों को देखते समझते चलते हैं, कभी पात्रों की उलझनों का समाधान ढूंढते हैं, कभी उनकी सोच को एक दिशा देते हैं और कभी उन्हें स्वयं सोचने को कहते हैं। इस प्रकार मंटो का चरित्र नाटक में अति महत्वपूर्ण एवं नाटक के स्वरूप के साथ ही बुना हुआ लगने लगता है। मुख्य किरदार "मोज़ेल" का चरित्र बहुत आकर्षक है और उसको उसी तरह प्रस्तुत करने की कोशिश की गई है। चूँकि मैंने स्वयं ही "मोज़ेल" की भूमिका निभाई, तो मेरे लिए उसके चरित्र की जटिलताओं को समझना आसान रहा क्योंकि नाट्य-रूपान्तर करते समय न केवल मोज़ेल बल्कि सभी चरित्रों की मनःस्थितियों से मैं स्वयं गुज़र चुकी थी। मस्तमौला मोज़ेल, धर्म की कट्टरता का मज़ाक उड़ाने वाली मोज़ेल, बेबाक, बेपरवाह, बन्धन-मुक्त, साहसी मोज़ेल और फिर प्रेम में पड़कर नहीं, इन्सानियत के लिए अपनी जान कुर्बान करने वाली मोज़ेल, सिर्फ़ एक स्वाभिमानी स्त्री नहीं रह जाती, बल्कि वह एक उदात्त चरित्र बन जाती है, जहाँ एक किरदार अपनी सम्पूर्णता तक पहुंच जाता है। नाटक का शिल्प, कथ्य एवं विषय के अनुसार ही बुना गया है लेकिन ये कहानी के प्रारूप का अनुसरण नहीं करता जो कि आवश्यक भी है। दोनों विधाओं, कहानी एवं नाटक के अंतर के साथ-साथ एक रूपान्तरकार, एक लेखिका के तौर पर स्वतंत्रता की अभिव्यक्ति भी आवश्यक रही, किन्तु कहानी की आत्मा और मंटो जैसे संवेदनशील लेखक की सोच को आगे बढ़ाते हुए ही नाटक को अन्जाम तक पहुँचाया गया। बल्कि यूँ कहें कि नाटक "मंटो की मोज़ेल" सिर्फ़ कहानी "मोज़ेल" का रूपान्तरण नहीं बल्कि सआदत हसन मंटो की एक पूरी सोच का रूपान्तरण बन गया है। जब मैंने मोज़ेल का नाट्य रूपान्तर किया तो यही सोचा कि चूँकि मंटो सिर्फ़ एक इन्सान नहीं थे, वो अपने-आप में एक विचार, एक सम्पूर्ण सोच थे, इसलिए एक रूपान्तरकार एवं लेखिका के तौर पर मेरी ये ज़िम्मेदारी थी कि वह पूरी की पूरी सोच दर्शकों के दिलो-दिमाग में रोपित हो और मुझे ख़ुशी है कि अपने रूपान्तर और अपनी प्रस्तुतियों के द्वारा मुझे

इस मक़सद को हासिल करने में सफलता मिली। ये बात मुझे तब और अधिक समझ आई, जब शिलांग में प्रस्तुति के दौरान नेहू यूनिवर्सिटी के अंग्रेज़ी के प्रोफ़ेसर डॉ. ज्योतिर्मोय प्रोधानी, जो कि यूनिवर्सिटी के विद्यार्थियों को मंटो पढ़ाते हैं, उन्होंने मुझसे कहा कि मंटो के चरित्र को नाटक में बुनकर मैंने "मोज़ेल" कहानी को एक नया आयाम दिया है। मोज़ेल की प्रस्तुतियां मुम्बई, दिल्ली, आसाम, शिलांग, चंडीगढ़ और अमृतसर में इतनी सार्थक रहीं कि दर्शकों द्वारा दिल खोलकर की गई प्रशंसा से भाव-विभोर होकर कई बार मेरी आँखों से आंसुओं का सैलाब उमड़ पड़ा। हर बार दर्शकों के प्रति आभार व्यक्त करते हुए मैं उनके समक्ष नतमस्तक हुई। यहाँ नाटक के निर्देशक नवीन अग्रवाल की बात करना बहुत प्रासंगिक है। नवीन जी ने नाटक को अपनी आत्मा की गहराई में उतार लिया। चूँकि नवीन अग्रवाल जी पिछले पैंतीस वर्षों से मंटो को पढ़ रहे हैं, समझ रहे हैं और उन्होंने उस पूरी सोच को आत्मसात किया है, इसलिए उन्होंने इस नाटक का निर्देशन एक गहरी समझ के साथ किया। निर्देशन की स्वतंत्रता के साथ-साथ नाटक की विषयवस्तु, कथ्य को ध्यान में रखकर चरित्रों की मनोदशा को बहुत सुन्दर तरीके से और बहुत गहराई से उभारा। नाटक की सम्पूर्ण अभिकल्पना के साथ-साथ उन्होंने प्रकाश संयोजन भी स्वयं किया, जिस कारण नाटक का मूड और अधिक उभरकर, मुखर होकर सामने आया। "मंटो की मोज़ेल" की प्रस्तुति की सफलता में हमारी पूरी टीम के साथ-साथ सबसे बड़ा योगदान नाटक के निर्देशक श्री नवीन अग्रवाल जी का है, जिसके लिए मैं उनकी हमेशा ऋणी रहूंगी। मोज़ेल के चरित्र को अभिनीत करते समय जिस तरह उन्होंने मेरा मार्ग दर्शन किया, वो सचमुच मेरे लिए एक अविस्मर्णीय अनुभव रहा। "मोज़ेल" के "मंटो की मोज़ेल" बनने की इस यात्रा ने, न केवल मेरे अन्दर भावनाओं के ज्वार को जगाया, बल्कि एक इन्सान के तौर पर जीवन की गहरी समझ के साथ मैंने स्वयं को अधिक परिपक्व महसूस किया। पाठकों को भी शायद ऐसा ही एहसास हो जब वह इस नाटक को पढ़ें और हाँ, यदि इस नाटक की प्रस्तुति को देखने का अवसर प्राप्त हो तो ज़रूर इसका लाभ उठायें।

प्रेरणा अग्रवाल
नाट्य रूपान्तरकार

निर्देशकीय

सआदत हसन मंटो एक ऐसे दूरदर्शी लेखक थे, जो अपने समय से बहुत आगे रहे। बहुत सालों से मैं मंटो को पढ़ता आ रहा हूँ और हर बार वो मुझे चमत्कृत और स्तब्ध कर देते हैं। मैंने हमेशा उन्हें बहुत गहराई से समझने की कोशिश की है। मंटो की कहानियाँ ऐसी हैं जो रोंगटे खड़े कर देती हैं, आत्मा को झकझोर डालती हैं और सोचने पर मजबूर कर देती हैं। पिछले कई वर्षों से मैं मोज़ेल कहानी के नाट्य रूपान्तर का मंचन करने की सोच रहा था। ये कहानी पार्टीशन के बाद की कहानी है जब देश में साम्प्रदायिक दंगे हो रहे थे। सच तो यह है कि ये कहानी हर दौर में प्रासंगिक है। अब जाकर जब मैंने इस अमर कहानी का सफल मंचन किया, तो इस बात का एहसास और भी गहरा हुआ कि आज के आधुनिक युग में जब लोग पहले से भी ज़्यादा धर्मान्धि हो रहे हैं, ऐसे में यह कहानी कितनी समकालीन बन पड़ती है। मैंने मोज़ेल कहानी के नाट्य रूपान्तर "मंटो की मोज़ेल" में मोज़ेल, त्रिलोचन सिंह, निरंजन सिंह, कृपाल कौर के साथ मंटो को भी एक कैरेक्टर के रूप में प्रस्तुत किया है। मंटो कहीं तो दर्शकों से रूबरू होकर कहानी की तारतम्यता को आगे बढ़ाते हैं और कहीं स्वयं अपने चरित्रों के साथ घुलमिल कर उनके मनोभावों को समझने की कोशिश करते हैं। वह उनके सुख में खुशी का अनुभव करते हैं और दुःख में स्वयं भी कहीं भीतर टूटा हुआ महसूस करते हैं। मोज़ेल के बोल्ड एवं जटिल चरित्र को निभाने के लिए मुझे एक ऐसी अभिनेत्री की आवश्यकता थी जो इस चरित्र की गहराई को समझ सके और मोज़ेल की बोल्डनेस को समझकर उसे दर्शकों के समक्ष प्रस्तुत कर सके। तब मैंने प्रेरणा अग्रवाल जी को इस चरित्र के लिए चुना, क्योंकि एक अभिनेत्री होने के साथ-साथ उन्होंने ही इस कहानी

का नाट्य रूपान्तर किया था, जिस कारण उन्हें मोज़ेल के चरित्र की एक गहरी समझ थी और जैसा मेरी कल्पना में था, उन्होंने उसी तरह से मोज़ेल के चरित्र को जीवंत कर दिया। मंटो ये जानते थे कि स्त्री का नग्न जिस्म धर्मान्धता से ज़्यादा बड़ा तमाशा खड़ा कर सकता है और इसीलिए नाटक में मोज़ेल अपने नग्न जिस्म को हथियार बनाकर एक पूरी की पूरी भीड़ के धार्मिक उन्माद को बौना कर देती है। मुझे खुशी है कि नाटक के इस प्रसंग पर हमें दर्शकों की सबसे ज़्यादा तालियाँ एवं प्रशंसा मिली। "मंटो की मोज़ेल" में घटनाओं का ऐसा ताना-बाना बुना गया है, जो दर्शकों का मनोरंजन करता है, उन्हें हँसाता है, उन्हें रुलाता है और अंत में उन्हें एक ही धर्म से रूबरू करवाता है और वह है "इंसानियत"। जिसकी आज के समय में सबसे ज़्यादा ज़रूरत है।

नवीन अग्रवाल
(निर्देशक)

"मंटो की मोज़ेल" नाटक का मंचन

"मंटो की मोज़ेल" नाटक का प्रथम मंचन पूर्वाभ्यास मुंबई द्वारा दिनांक 25 एवं 26 अगस्त, 2018 को शाकुंतलम थिएटर में चार सफल प्रस्तुतियों के साथ सम्पन्न हुआ। तत्पश्चात 27 एवं 28 अक्टूबर को पुनः दो सफल प्रस्तुतिया हुई। राष्ट्रीय नाट्य विद्यालय के सहयोग से 11, 12, 13, 14 एवं 16 दिसम्बर, 2018 को शिलोंग (मेघालय) में तथा गुवाहाटी एवं आसाम के तीन अन्य शहरों में नाटक की सफल प्रस्तुतियां हुई। 20 दिसम्बर को दिल्ली में दो सफल प्रस्तुतियां हुई। 21 एवं 22 दिसम्बर, 2018 को चंडीगढ़ एवं अमृतसर में पंजाब संगीत नाटक अकादमी द्वारा अति सफल नाट्य प्रस्तुतियां हुई।

पात्र परिचय :-

मोज़ेल	प्रेरणा अग्रवाल
त्रिलोचन सिंह	राकेश दुबे
निरंजन सिंह	नवीन अग्रवाल
मंटो	सुनील चौहान / सुशील शुक्ला
कृपाल कौर	शिल्पी श्रीवास्तव / सोनी चिदुराला
मंच संचालन	शैलूष
नाट्य रूपांतरण	प्रेरणा अग्रवाल
दृश्यबंध, प्रकाश, प्रस्तुति परिकल्पना एवं निर्देशन	नवीन अग्रवाल

आभार :-

मैं आभारी हूँ उन सबकी, जिनकी वजह से इस नाटक की सफल प्रस्तुतियां सम्भव हुई– श्री केवल धालीवाल (अमृतसर), श्री पवित्रा राभा (टांगला – असम), श्री राजीव सिन्हा (शाकंतुलम थियेटर – मुम्बई) एवं श्री विनयशील (दिल्ली)।

नाटक का दृश्य-1

प्रेरणा अग्रवाल और नवीन अग्रवाल

नाटक का दृश्य-2
प्रेरणा अग्रवाल और नवीन अग्रवाल

नाटक का दृश्य-3
प्रेरणा अग्रवाल और राकेश दुबे

नाटक का दृश्य-4
प्रेरणा अग्रवाल और सुशील शुक्ला

नाटक का दृश्य-5
प्रेरणा अग्रवाल और सुनील चौहान

दृश्य-1

(मंच पर प्रकाश होता है। मंटो मंच पर खड़े कहीं दूर देख रहे हैं। Background में किसी पुराने गाने का music, जिसमें बोल नहीं हैं, सिर्फ़ instrumental है, बज रहा है। कुछ पल बाद music खत्म होता है।)

मंटो - ये, मेरे सामने आसमान है, खुला साफ़ आसमान, कोई बादल नहीं दिखाई दे रहा। बहुत बड़े तम्बू की तरह ये सारी बम्बई पर तना हुआ है। दूर-दूर तक बत्तियाँ ही बत्तियाँ दिखाई दे रही हैं। ऐसा लगता है कि बिल्डिंगे पेड़ों की तरह हैं और आसमान के तारे झड़कर उनमें अटक गए हैं और जुगनुओं की तरह टिमटिमा रहे हैं।

रात के तीन बज रहे हैं। (पेन निकालकर) कुछ लिखने की कोशिश कर रहा था, लेकिन दिल बेचैन हो उठा और खुली हवा में सोचने के लिए, मैं यहाँ बाहर चला आया। मेरे अन्दर ये जो बेचैनी है, ये व्यक्तिगत बिलकुल नहीं है, यक़ीन मानिए। मेरा मुल्क़ और मेरी क़ौम कितनी बीमार है, इसकी सेहत कैसी है, इस बात को लेकर बेचैन रहता हूँ, मैं।

मैं हंगामा पसंद नहीं। मैं लोगों के ख़यालात में रोमांच पैदा करना नहीं चाहता। मैं उस तहज़ीब, सभ्यता और सोसाइटी की चोली क्या उतारूंगा जो है ही नंगी। इसीलिए मैं आज इस वक़्त चीज़ों की परतों को चीरते हुए, पर्दों को हटाते हुए, मुलम्मों को उघाड़ते हुए सीधे-सीधे आप तक सच्चाई पहुंचाऊंगा। मैं जो कुछ भी आपसे शेयर करने जा रहा हूँ, उसे मैंने देखा, जाना और समझा ही नहीं है, बल्कि पूरी तरह से जिया भी है। ख़तरों से खुद भिड़कर जो कुछ जुटाया है, वो सब आपके सामने लुटा रहा हूँ।

इंसान से बड़ा न कोई धर्म है, न मज़हब, न व्यवस्था। मैं इंसानियत

और ज़िंदादिली की बात करता हूँ। इंसानियत की बात हो और मोज़ेल का ज़िक्र न हो, ये सम्भव नहीं। मोज़ेल अपने आप में एक हादसा थी और हादसे हमेशा मुझे तलाशते रहते हैं। इंसानियत और हादसा एक साथ ...... अजीब है ना। पर ऐसी ही थी वो। ज़बरदस्त साहस भरा था उसमें। वो आडवानी चेम्बर्स में रहती थी। ठीक उसके फ़्लैट के सामने त्रिलोचन सिंह जो कि एक सिख था, उसका फ़्लैट था। उनकी पहली मुलाक़ात बड़ी मज़ेदार थी। पहली नज़र में देखने पर मोज़ेल, त्रिलोचन को खौफ़नाक तौर पर दीवानी मालूम हुई थी। वह अपने फ़्लैट की ओर बढ़ ही रहा था कि एक लम्बा चोगा पहने हुए मोज़ेल उसके सामने प्रकट हो गई। उसके भूरे कटे बाल उसके सर पर परेशान थे और होंठो पर लिपस्टिक ऐसे जमी थी जैसे गाढ़ा ख़ून। मोज़ेल ने अपनी बड़ी-बड़ी आँखों से त्रिलोचन को देखा और हंस पड़ी। त्रिलोचन एकदम बौखला गया और जल्दी से अपने फ़्लैट के दरवाज़े की ओर बढ़ा। इसी वक़्त मोज़ेल का एक खड़ाऊं सीमेंट के चिकने फ़र्श पर फिसला और वह सीधा त्रिलोचन के ऊपर गिर पड़ी। उसका लम्बा चोगा ऊपर चढ़ गया और उसकी नंगी टांगे त्रिलोचन के इधर-उधर हो गई। त्रिलोचन शिष्ट शब्दों में उससे माफ़ी मांगता रहा और वो "ये खड़ाऊं एकदम कंडम चीज़ है" कहते हुए कारीडोर के बाहर चली गई। (मंटो हंसते हैं) उसके बाद उनकी मुलाक़ातें बढ़ती गई। लेकिन त्रिलोचन हमेशा मोज़ेल से घबराता था। वह थी ही इतनी तेज़-तर्रार।

फेड आउट

दृश्य-2

(त्रिलोचन के घर का दृश्य। त्रिलोचन बेड पर पड़ा सो रहा है। उसकी खर्राटों की आवाज़ गूंज रही है। दरवाज़े के बाहर से मोज़ेल की त्रिलोचन को ज़ोर-ज़ोर से पुकारने की आवाज़ आती है।)?

मोज़ेल की आवाज़-त्रिलोचन...... त्रिलोचन डार्लिंग..... ऐ मैन....।

(त्रिलोचन के खर्राटों की आवाज़ वैसी ही आती रहती है। मोज़ेल तेज़ी से enter करती है। उसे खर्राटे लेते हुए देखती है।)

मोज़ेल - कैसा दरवाज़ा खोलकर आराम से सो रहा है!

(मोज़ेल उसे ऐसे झकझोर देती है, जैसे तूफ़ान आ गया हो)

मोज़ेल - त्रिलोचन..... त्रिलोचन, त्रिलोचन...... उठो, उठो.....।

(त्रिलोचन घबराकर उठकर बैठ जाता है)

त्रिलोचन - क्या, क्या...... क्या हुआ?

मोज़ेल - दंगे हो गये और तुम यहाँ आराम से पड़ा सोता है....।

त्रिलोचन - (ज़्यादा बौखलाकर) क्या....? दंगे?

(मोज़ेल को उसकी बौखलाहट देखकर हंसी आ जाती है।)

मोज़ेल - (हँसते हुए) इतना मत घबराओ। कुछ नहीं हुआ.....। कैसा घोड़ा बेचकर सोता है, तुम मैन।

त्रिलोचन - हद करती है तू भी....। ऐसे जगाते हैं, किसी को....।

मोज़ेल - क्या करता हम? आधे घंटे से आवाज़ें लगा रहा है तुमको और तुम है, कि टस से मस नहीं होता....।

त्रिलोचन - (चौंककर) आधे घंटे से? (घड़ी में टाइम देखता है) क्या बेकार की बात कर रही है? तेरा इंतजार करते-करते अभी दस मिनट पहले झपकी-सी आ गई थी.....। (मोज़ेल हंस देती है) इतनी देर कहाँ लगा दी, तूने?

मोज़ेल - स्टोर में आज काम कुछ ज़्यादा था....। इसी वास्ते देर हो गया...। (मोज़ेल सिगरेट जला लेती है, त्रिलोचन को आँख मारकर सिगरेट ऑफ़र करती है) लो, एक कश लगाओ।

त्रिलोचन - नहीं, हमारे धर्म में इसकी मनाही है और वैसे भी इसका धुंआ दमघोटू लगता है।

मोज़ेल - ये पगड़ी तुमको दमघोटू नहीं लगता।

त्रिलोचन - नहीं ये तो हमारे धर्म की निशानी है।

(मोज़ेल, त्रिलोचन को घूरती है। फिर व्यंग्यात्मक तरीके से हंस देती है। मोज़ेल के हंसने से त्रिलोचन की हिम्मत बढ़ती है और वह उसके गिर्द अपनी बाहें लपेटकर उसे अपने पास लिटाने की कोशिश करता है।

मोज़ेल - (उसे घुड़ककर) ठीक से बैठो.....।

त्रिलोचन - तू पास में हो कुड़िये, तो ठीक से कैसे बैठूं?

मोज़ेल - बेकार की बात मत करो.....।

त्रिलोचन - ऐ, सुन तो....।

मोज़ेल - (डांटकर) कहा न, नहीं....।

(त्रिलोचन का मूड खराब हो जाता है। लेकिन कुछ ही पलों में वह ख़ुद को संयत कर लेता है)

त्रिलोचन - नाराज़ हो गई?

मोज़ेल - (हंसकर) नहीं तो...।

त्रिलोचन - तुझे कभी भी समझ नहीं पाता, मैं....।

मोज़ेल - ज़रूरत क्या है, समझने का?

त्रिलोचन - नी वलिये.... (त्रिलोचन, मोज़ेल के गिर्द अपनी बांहे डालते हुए धीरे से लपेटता है। मोज़ेल जब react नहीं करती, तो उसकी हिम्मत बढ़ती है) जब दो लोग एक-दूसरे से मुहब्बत करते हैं, तो एक-दूसरे को जानना-समझना ज़रुरी होता है.....।

मोज़ेल - (sharply उसे देखकर) मुहब्बत...? (फिर हंसने लगती है) तुमसे किसने कहा कि हम तुमसे मुहब्बत करता है...?

त्रिलोचन - (hurt होकर) फिर ये क्या है? मेरे इतने क़रीब रहना...। मुझसे दोस्ताना बर्ताब रखना....।

मोज़ेल - हाँ, तो....। तुम्हें ये दोस्ती और नज़दीकियाँ नहीं पसन्द हैं, तो बता दो हमको।

त्रिलोचन - (थोड़े आवेश में आकर) क्या बात कर रही है तू? मैं तो ये कह रहा हूँ, कि अगर ये सब है, तो......।

मोज़ेल - (तेज़ी के साथ) ये सब है तो क्या....? तो क्या त्रिलोचन...? ओह जीसस, तुम कब बड़ा होगा? हमेशा बेवकूफ़ों जैसी बातें करता रहता है.....।

त्रिलोचन - पर मैं तो.....।

मोज़ेल - देखो...... हमारे सिर में वैसे ही दर्द हो रहा है...। हम तुम्हारे पास ये सोचकर आया था, कि कहीं घूमने चलेगा पर तुमने फिज़ूल का बकवास शुरू कर दिया.....।

(गुस्से में उठकर जाने लगती है। त्रिलोचन जल्दी से आगे बढ़कर उसका हाथ पकड़कर उसे रोकने की कोशिश करता है)

त्रिलोचन - बात तो सुन.....।

मोज़ेल - (उसी गुस्से में) हाथ छोड़ो हमारा।

त्रिलोचन - छोड़ दूंगा.....। पर ये तो बताती जा..... (जेब से सिनेमा के दो टिकट निकालकर), ये जो नए सिनेमा के पहले दिन के शो के दो टिकट लाया हूँ, इनका क्या करूं?

(मोज़ेल खुशी से पलटकर देखती है।)

मोज़ेल - क्या....? सिनेमा का टिकट......? (जल्दी से टिकट ले लेती है।) तो पहले क्यों नहीं बताया तुम?

त्रिलोचन - तूने बताने का मौक़ा कब दिया? जब से आई है, तब से डांट रही है....।

मोज़ेल - (त्रिलोचन के गले लगकर, उसके गाल चूमकर) तुम काम की बात सबसे बाद में करता है...। Nonsense......।

त्रिलोचन - चल, तैयार होकर आजा....।

मोज़ेल - हम तैयार है....।

त्रिलोचन - ऐसे ही चलेगी?

मोज़ेल - हाँ....।

त्रिलोचन - कपड़े तो बदल ले ....।

मोज़ेल - हमको ऐसे ही चलता है.....।

त्रिलोचन - पर.....।

मोज़ेल - (तेवर दिखाकर) अच्छा, ठीक है.... हम फ़्रेश होकर आता है। (रुककर) फ़्रेश होने जा रहा है। कपड़े बदलने नहीं....। समझा...।

त्रिलोचन - ठीक है कुड़िये....। मत बदल, कपड़े। पर देख...। (झेंपते हुए) अन्डरवियर ज़रूर पहन लेना.....।

मोज़ेल - नहीं....। हमको उलझन होता है, उससे.....।

त्रिलोचन - देख.... (समझाते हुए) शर्मोहया लड़कियों का ज़ेवर होता है...।

मोज़ेल - क्या बकवास कर रहा है तुम मैन? तुमको शर्म आती है, तो तुम आँखे बंद कर लिया करो....।

त्रिलोचन - हम बाहर जा रहे हैं, सिनेमा देखने...।

मोज़ेल - (अपना चोगा दिखाते हुए) तो... इतना लम्बा चोगा तो पहना है, हमने....।

त्रिलोचन - लेकिन..... मोज़ेल....।

मोज़ेल - (तेज़ी के साथ, उसे ललकारते हुए) तुम हमको एक बात बताओ, ऐसा कौन-सा पहनावा है, जिसमें आदमी नंगा नहीं होता... या फिर तुम्हारा नज़र उस पहनावे के पार नहीं जा सकता ...। ऐसा बेहूदा बातें हमसे मत किया करो....। हम जानता है कि तुम सिख हो..... और इसलिए तुम पतलून के नीचे एक सिला हुआ सा अन्डरवियर पहने रहता है, जो नेकर की तरह होता है।

त्रिलोचन - (गर्व से) और वो कच्छा हमारे धर्म में शामिल है....। केश, कड़ा, कंघा, कृपाण और कच्छा।

(मोज़ेल, त्रिलोचन के इन पांचो चीजों के- केश, कड़ा, कंघा, कृपाण और कच्छा बोलने पर साथ-साथ इन्हें अपनी उंगलियों पर गिनती है और होंठ हिलाती है। त्रिलोचन मोज़ेल को देखता है। मोज़ेल उसे घूर रही है।)

मोज़ेल - फ़ूल....। (त्रिलोचन घबरा जाता है।)

त्रिलोचन - (घबराया हुआ-सा) क्यों?

मोज़ेल - (तेज़ी से, logically) शर्म आना चाहिए तुमको...। इतना बड़ा हो गया है और अब तक यही समझता है, कि तुम्हारा धर्म अन्डरवियर में छुपा बैठा है....।

(त्रिलोचन हक्का-बक्का सा उसे देखता रह जाता है। मोज़ेल कुछ पल उसे घूरती रहती है)

मोज़ेल - (एक पल बाद) अब चलो...। हम जैसा है.... वैसा ही अच्छा है...। फ़्रेश है और कपड़ा भी ठीक है हमारा...। समझा...। (हाथ पकड़ती है) चलो...., चलो।

त्रिलोचन - (जैसे वापस अपनी चेतना में लौटकर) अ.... हाँ..... चलो....।

(मोज़ेल आगे जाती है। त्रिलोचन उसके पीछे जाता है)

फेड आउट

दृश्य-3

(मंच पर प्रकाश होता है। त्रिलोचन के घर का दृश्य। त्रिलोचन tension में तेज़ी से टहल रहा है। तभी मोज़ेल enter करती है और आते ही उसके गले में प्यार से बांहे डाल देती है।)

मोज़ेल - त्रिलोचन..... my darling......।

(त्रिलोचन उसकी बाहें अपने गले से अलग कर देता है)

मोज़ेल - तुम सिनेमा आधा छोड़कर क्यों चला आया? हम तुम्हें सिनेमा हॉल में खोज रहा था...... (प्यार से), क्या सिनेमा अच्छा नहीं लगा?

त्रिलोचन - मैं सिनेमा अकेला देखने नहीं गया था.....।

मोज़ेल - लेकिन हम तो बस एक मिनट के लिए......।

त्रिलोचन - (उसकी बात काटकर) एक मिनट......? आधे घन्टे अकेला सीट पर बेवकूफ़ों की तरह बैठा तेरा इंतज़ार करता रहा....। तेरा हमेशा का यही हिसाब है...। जहाँ तुझे अपना कोई दोस्त दिखा नहीं, कि बस मुझे भूल जाती है...। ज़ोर-ज़ोर से हाथ हिलाकर उसके पास जाकर बैठ जाती है...। जैसे मैं वहाँ हूँ ही नहीं....।

मोज़ेल - डेविड बहुत दिनों बाद अचानक आज दिखाई दिया हमको, तो थोड़ी देर हम उससे बातें करने चला गया। अब इसमें बुरा मानने का क्या बात है?

त्रिलोचन - और उस दिन जब होटल में, मैं और तू खाना खाने गए थे, तब....? तब वो बॉब मिल गया था....। तेरे लिए, तेरी पसंद की एक से एक स्वादिष्ट डिशेज़ का आर्डर दिया था, मैंने....। पर तू खाना छोड़कर बॉब को देखते ही उसके बगल में जाकर बैठ

गई और फिर बस एक घन्टे तक ही...ही...ठी....ठी.....। मेरी छाती पर मूंग दलती रही.....।

मोज़ेल - बॉब भी तो बहुत टाइम बाद मिला था न, हमको...।

त्रिलोचन - और उस दिन जुहू बीच पर और फिर बांद्रा में.....? सब जगह तूने यही किया था..... (गुस्से में) उल्टी-सीधी वही हरकतें। और फिर कई-कई दिनों तक गायब हो जाएगी....। मिलने नहीं आएगी .....। क्या है, ये सब?

मोज़ेल - उसके बाद हम बीमार था....। पहले हमारे सिर में दर्द था....। फिर पेट में दर्द हो गया था....। क्या करता हम?

त्रिलोचन - (irritate होकर, अपनी ही रौ में) तू ऐसा क्यों करती है, मेरे साथ, हमेशा?

मोज़ेल - सिख हो न तुम..... (Coolly) ये नाजुक बातें तुम्हारी समझ में नहीं आएँगी......।

त्रिलोचन - (more irritated, with jealousy) नाजुक बातें.....? अच्छा...। तेरे पुराने यारों की ये बातें नाजुक बातें हैं?

(मोज़ेल गुस्से से अपने दोनों हाथ अपनी कमर पर टिकाकर, पैर फैलाकर खड़ी हो जाती है)

मोज़ेल - (गुस्से में) हाँ.... यार हैं, वो हमारे....। तो.... क्या कर लेगा, तुम हमारा? तुम होता कौन है, हमें इस तरह से ताने मारने वाला? हमको अच्छा लगता है वो सब, और हम उनसे इसी तरह मिलता रहेगा.....। तुम जलो, भुनो.... तुम्हें बुरा लगे। my foot.....।

(त्रिलोचन एक पल को हक्का-बक्का रह जाता है। फिर नरम पड़ते हुए मोज़ेल की खुशामद-सी करते हुए कहता है)

त्रिलोचन - (situation manage करते हुए clearly) मोज़ेल.... तू कैसी बातें करती है? ऐसे करेगी तो तेरी-मेरी, कैसे निभेगी?

(त्रिलोचन की बात सुनकर मोज़ेल खिलखिलाकर हंसने लगती है। त्रिलोचन सकपका जाता है)

त्रिलोचन - क्या.....? क्या हुआ?

मोज़ेल - हो आखिर तुम सिख ही न....। जट्ट खोपड़ी....। तुमसे कहा

किसने, कि तुम हमारे साथ निभाओ.....। और निभाने का इतना ही शौक़ है तुम्हें, तो अपने ही मुल्क की किसी सिखनी से शादी बना डालो और जी भर के निभाओ, उसके साथ.....। हमारे साथ तो ऐसे ही चलेगा.....। हम कच्छा नहीं पहनेगा, अपने दोस्तों के साथ बैठकर ही-ही, ठी-ठी करेगा, बहुत-बहुत दिनों तक तुमसे मिलने नहीं आयेगा। हमारे साथ तो ऐसे ही चलेगा, डार्लिंग। तुम्हें चलता है, तो ठीक है वरना तुम्हारा मर्ज़ी....।

(मोज़ेल, त्रिलोचन के गालों पर चुटकी काटती है। अपने बालों को झटकती है और चली जाती है। त्रिलोचन कुछ न समझ पाने की स्थिति में अवाक्-सा रह जाता है)

त्रिलोचन - मैं जट्ट खोपड़ी आं....?

फेड आउट

दृश्य-4

(मंच पर मंटो कुर्सी पर बैठे हैं। टेबल पर कुछ papers हैं। पीछे तिपाई पर ग्रामोफोन रखा है। मंटो के हाथ में पेन है, जिसे पकड़े हुए ही वो दर्शकों को देखते हैं और बोलते हैं।)

मंटो - मोज़ेल कोई समस्या नहीं थी, जिसका हल ढूंढ़ना ज़रुरी था। वह जैसी थी, वैसी थी और यही बात त्रिलोचन समझ नहीं पा रहा था। विचित्र लगता था उसे मोज़ेल का चरित्र। मामूली-मामूली क्रिश्चियन छोकरों के सामने उसे हार खानी पड़ती। मोज़ेल अपनी मनमानी करती और त्रिलोचन ख़ामोशी से अपनी बेइज़्ज़ती सहता रहता।

(मोज़ेल एक spot में दिखाई पड़ती है। मंटो एक अलग spot में है।)

मोज़ेल - वह सिख है। हम उससे प्रेम नहीं करता। (मंटो के spot में आती है। मंटो से) नफ़रत करता है हम उससे।

मंटो - नहीं, तुम्हें उससे नफ़रत नहीं। अगर ऐसा होता तो तुम दो साल तक इस रिश्ते को बनाए न रखतीं। एक दिन में ही छोड़कर चली जातीं। दो टूक फ़ैसला कर लेंती। बर्दाश्त का माद्दा है ही नहीं तुममें।

(मोज़ेल, मंटो को बड़ी-बड़ी आँखों से देखती है और हंसती हुई चली जाती है। background में मोज़ेल की हंसी गूंज रही है। एक spot में त्रिलोचन दिखाई देता है, जो कहीं दूर देखकर ज़ोर से चिल्लाता है।)

त्रिलोचन - मोज़ेल इतनी दूर तक मत जा। लहरों में डूब जाएगी....।

मोज़ेल की आवाज़ - "त्रिलोचन डार्लिंग, आओ ना, डरो मत।"

(मोज़ेल की हंसी की आवाज़। त्रिलोचन का spot fade - out होता है।)

मंटो - समुद्र की लहरों से खेलते हुए दूर तक निकल जाती है वो। ख़तरों से खेलने का शौक था, उसे। अपने जिस्म पर नीले-लाल निशान लिए हंसती-खिलखिलाती एक अजीब साहस से भरी हुई मोज़ेल जब वापस लौटती, तो त्रिलोचन को इतना डरा हुआ देखकर ज़ोर-ज़ोर से हंसने लगती। ऐसी बेपरवाह साहसी लड़की, एक डरे हुए आदमी से, जो अपने धर्म को लेकर, परिस्थितियों को लेकर, खुद को लेकर डरा हुआ हो, कैसे प्यार कर सकती थी? वह त्रिलोचन के साथ सारे-सारे दिन जुहू बीच पर नहाती थी, उसके साथ घंटों बिस्तर पर लेटी रहती। त्रिलोचन साबुन की तरह उसके सारे जिस्म पर फिर जाता। लेकिन इससे आगे वो उसे इंच भी बढ़ने नहीं देती। कभी चूमने की इजाज़त देती, और कभी बिफ़र जाती। कुछ इस तरह उसे घुड़कती कि उसके सारे मंसूबे दाढ़ी और मूछों में चक्कर काटते रह जाते।

फेड आउट

दृश्य-5

(त्रिलोचन के घर का दृश्य। तेज़ इंग्लिश म्युज़िक बज रहा है और मोज़ेल डांस कर रही है। त्रिलोचन पास में ही बैठा उसे देख रहा है। वह कुछ देर बाद उठता है। उसके करीब जाकर, उसे बाँहों में भरकर, उसे किस करने की कोशिश करता है। मोज़ेल अपने-आपको छुड़ा लेती है और तेज़ी से बढ़कर टेप बंद कर देती है)

मोज़ेल - फ़ूल..... फ़ूल....। तुम्हें तकलीफ़ उठाने का ज़रूरत नहीं है....। हमने सुबह ब्रश किया है.....।

त्रिलोचन - (उसे फिर से बाँहों में भरकर) क्या तू मुझसे प्यार नहीं करती?

मोज़ेल - (एक पल उसे देखकर) हम एक सिख से प्यार नहीं कर सकता ....।

त्रिलोचन - (hurt होकर, उसे छोड़कर) तू हमेशा मेरा मज़ाक उड़ाती है। दरअसल, तू मेरा नहीं, मेरे प्यार का मज़ाक उड़ाती है....।

मोज़ेल - (मुस्कुराकर अपने कटे बालों को झटकती है और अपने पर्स से शीशा और लिपस्टिक निकालती है और लिपस्टिक अपने होठों पर लगाकर) हम एक बात कहता है तुमसे। तुम शेव करा लो और सर का बाल खुला छोड़ दो.....। हम शर्त लगाकर कह सकता है, कई लड़के तुम्हें आँख मारेंगे....। बहुत सुन्दर है तुम.....।

त्रिलोचन - (बुरा मानकर) मोज़ेल......।

मोज़ेल - (उसी तरह अपनी बात कंटिन्यू करते हुए) त्रिलोचन डार्लिंग.... तुम अपनी मूंछों और दाढ़ी का सही इस्तेमाल नहीं करता...। तुम्हारा बाल इतना अच्छा है, कि हमारा नेवी ब्ल्यू स्कर्ट अच्छी तरह साफ़ कर सकते हैं.....। By god बस इनमें थोड़ा-सा

पेट्रोल लगाने का जरूरत है.....।

(त्रिलोचन ख़ामोशी से बैठ जाता है।)

त्रिलोचन - (एक पल बाद) देख.... मेरे दिल में अपने धर्म के प्रति सम्मान है और मैं नहीं चाहता, कि उन चीज़ों को खुद से दूर कर दूँ, जिनसे मेरे धर्म की पहचान होती है.....।

(मोज़ेल, त्रिलोचन के करीब आकर उसकी दाढ़ी से खेलने लगती है)

मोज़ेल - I am sorry..... हमने ग़लत सोचा, कि तुम्हारे बालों से नेवी ब्ल्यू स्कर्ट साफ हो जाएगा....। Actually न तुम्हारे बाल तो बहुत मुलायम हैं, त्रिलोचन स्वीटहार्ट......। तुम इन्हें हमको दे दो....। इन्हें गूंथकर अपने लिए एक फ़र्स्टक्लास बटुआ बनवाएगा, हम....।

(मोज़ेल यह कहकर हंसती है। त्रिलोचन अपना गुस्सा control करके, seriously मोज़ेल को देखता है)

त्रिलोचन - मैंने आज तक कभी तेरे मज़हब का मज़ाक नहीं उड़ाया.....। तू क्यों हमेशा मेरे धर्म का मज़ाक उड़ाती रहती है? किसी की धार्मिक भावना से खेलना अच्छी बात नहीं है.....। तेरी ये सब ऊल-जलूल बातें मैं ख़ामोशी से इसलिए बर्दाश्त करता रहता हूँ मोज़ेल क्योंकि मैं तेरे से बहुत प्यार करता हूँ.... तेरे बिना नहीं रह सकता। क्या तू समझती नहीं?

मोज़ेल - (उसकी दाढ़ी से खेलना बंद करते हुए) हम समझता है, डार्लिंग।

त्रिलोचन - फिर..? तू अच्छी तरह जानती है, मेरी मुहब्बत बकवास नहीं है। शादी करना चाहता हूँ, मैं, तेरे से....।

मोज़ेल - जानता है हम.....।

(मोज़ेल उठकर एक तरफ जाती है और दीवार पर लटकी हुई गुरुनानक जी की तस्वीर को ध्यान से देखने लगती है।)

मोज़ेल - हमने भी फ़ैसला कर लिया है, कि हम तुमसे शादी बनाएगा...।

त्रिलोचन - (खुशी से)? सच ....?

मोज़ेल - (पलटकर उसे देखकर, मुस्कुराकर) बिलकुल सच....।

(त्रिलोचन उसके करीब जाकर उसे अपनी बांहों में भर लेता है)

त्रिलोचन - तो..... तो कब......?

मोज़ेल - (उसे देखते हुए) जब तुम अपने बाल कटवा देगा, तब....।

(त्रिलोचन एक पल सोचता रहता है। मोज़ेल उसे खोजी निगाहों से देखती है।)

त्रिलोचन - (एकदम decide करके) ठीक है....। यही सही.....। मैं कल ही अपने बाल कटवा दूंगा......।

मोज़ेल - (challenge करते हुए) तुम बकवास करता है त्रिलोचन.....। तुममें अपने धर्म के विरुद्ध जाने की हिम्मत नहीं है......।

त्रिलोचन - (challenge accept करते हुए) इस बार तू देख लेना.....।

मोज़ेल - (आगे बढ़कर उसकी दाढ़ी को चूमती है) ठीक है, देख लेगा हम।

(मोज़ेल हंसती है और बाहर निकल जाती है। त्रिलोचन हैरान-सा खड़ा रह जाता है।)

फेड आउट

दृश्य-6

(मंटो अपनी कुर्सी पर बैठे हैं।)

मंटो - मोज़ेल, त्रिलोचन को उकसा रही थी, आडम्बर और पाखण्ड के ख़िलाफ़। और त्रिलोचन, जिसका जीवन विचित्र घटनाओं से भरा था। कॉलेज से लेकर अडवाणी चेम्बर तक पहुंचने के दस वर्ष के फ़ासले में वह लाहौर, बर्मा, सिंगापुर, हांगकांग और फिर बम्बई में यहाँ-वहां चार साल से रह रहा था। लाहौर, बर्मा, सिंगापुर, हांगकांग में वह लड़कियाँ कुछ दिन के लिए ख़रीद लिया करता था और ऐश करता था। उसे कभी ख़्वाब में भी ख़्याल नहीं आया था कि बम्बई पहुंचते ही वह एक अक्खड़ यहूदी लड़की के प्रेम में, बकौल त्रिलोचन "गोडे-गोडे" फंस जाएगा। त्रिलोचन ने रात भर जाने क्या-क्या सोचा। सुबह तक वह वैसे ही परेशान रहा।

(मंटो का spot off होता है। त्रिलोचन का spot on होता है। त्रिलोचन बेचैन होकर अपने पलंग पर करवटें बदल रहा है। background से आवाज़ें आ रही हैं।)

पिता की आवाज़ - ऐ की कित्ता पुत्तर। धर्म भ्रष्ट हो गया साड्डा। केश मुडवा दीत्ता। और वो भी एक कुड़ी के वास्ते।

(त्रिलोचन बेचैन होकर तेज़ी से उठता है। एक पल बैठा रहता है। फिर उठकर शीशे तक जाता है। वहां रखी हुई कैंची उठाता है। उसे देखता है। फिर कुछ सोचता है। कैंची वापस रखता है। शीशे में अपनी शक्ल देखता है। फिर पलटता है।)

त्रिलोचन - (खुद से) मुझसे नहीं होगा, ये।

(त्रिलोचन का स्पॉट ऑफ़ होता है)

(मंटो और मोज़ेल एक spot में खड़े हैं।)

मंटो - अगले दिन त्रिलोचन ने नौकर के हाथ मोज़ेल को एक चिट्ठी भेजी कि उसकी तबियत खराब है। थोड़ी देर के लिए मोज़ेल आ जाए।

(जब मंटो ये बोल रहे हैं, उस वक़्त मोज़ेल, त्रिलोचन की चिट्ठी पढ़ रही है। मंटो की बात ख़त्म होते ही मोज़ेल चिट्ठी मोड़कर मंटो को देखती है।)

मोज़ेल - मंटो, क्या वाकई त्रिलोचन का तबियत ख़राब है?

मंटो - पता नहीं। जाकर देखो।

(मोज़ेल हंसती हुई जाती है)

फेड आउट

दृश्य - 7

(मंच पर प्रकाश होता है। मोज़ेल enter करती है। त्रिलोचन पलंग पर उल्टा लेटा है। मोज़ेल उसके क़रीब जाकर उसकी पीठ पर हाथ रखती है।)

मोज़ेल - त्रिलोचन डार्लिंग... क्या तबियत बहुत ख़राब है......?

(त्रिलोचन पलटता है। मोज़ेल उसे clean shave देखकर एक क़दम पीछे हटती है और एक पल के लिए ठगी-सी खड़ी रह जाती है। फिर एक सीटी मारती है और एकदम ख़ुश हो जाती है।)

मोज़ेल - ओह......! my darling, त्रिलोचन......handsome, तुम तो एकदम फ़िरंगी लग रहा है। बस हैट और लगा लो। Queen Elizabeth मर मिटेगा तुम पर....। (उसके गालों पर हाथ फेरकर) कितना मुलायम है तुम्हारा गाल। तुम्हारा नैन - नक्श कितना अच्छा है। (खुशी से) ओह, त्रिलोचन, I love you....I love you darling..।

(मोज़ेल उसके गालों को चूमती है। त्रिलोचन मुस्कुराता है। मोज़ेल उसके गले लग जाती है। कुछ पल बाद अलग हटती है। फिर उसके सिर के बालों में बड़े प्यार से उंगलियाँ फिराने लगती है।)

मोज़ेल - ऐसा बाल कितना सूट करता है तुम पर.....। अब तो बॉम्बे का सुन्दर से सुन्दर लड़की भी एक बार पलटकर ज़रूर देखेगा, तुमको।

(त्रिलोचन अच्छा महसूस करता है।)

मोज़ेल - बेकार इन बालों का बोझ अब तक उठाए फिरता रहा, तुम।

त्रिलोचन - शायद तू ठीक ही कहती है। कल जब मेरे केश कट रहे थे तो

मैं ज़ोर से आँखे बंद किए बैठा रहा। पर बाद में जब खुद को शीशे में देखा तो लगा कि इन बालों और दाढ़ी की वाकई में कोई ज़रूरत नहीं थी। जब मैं सैलून से बाहर निकला तो एक विचित्र तरह की ठंडक महसूस हुई, मुझे। (एक पल रुककर) सच में, बेकार है ये धर्म का ढकोसला।

मोज़ेल- मान गया न आखिर हमारी बात को। (उसे चूमकर) जैसा हमने सोचा था, उससे भी ज़्यादा सुन्दर है तुम। सच.....। इस वक़्त हमारा सारा दोस्त तुम्हारे सामने एकदम छछूंदर लग रहा है।

(त्रिलोचन खुश होकर मोज़ेल के दोनों हाथ थाम लेता है। उसकी आँखों में एक पल झांकता है। मोज़ेल बहुत खुश नज़र आ रही है।)

त्रिलोचन - जानती है..... आज मुझे वो अपनी पहली मुलाक़ात याद आ रही है, जब हम दोनों टकरा गए थे .....।

(मोज़ेल भी याद करके enjoy करती है)

मोज़ेल - हाँ हमारा खड़ाऊ फिसल गया था और हम तुम्हारे ऊपर पूरा का पूरा गिर पड़ा था......।

त्रिलोचन - हम दोनों अजीब तरह से गड्ड-मड्ड हो गये थे ....।

मोज़ेल - फिर हम जितनी भी कोशिश करते थे एक-दूसरे से अलग होने की, उतना ही उलझते जाते थे....।

(मोज़ेल और त्रिलोचन उस किस्से को याद करके खिलखिलाकर हंसते हैं)

त्रिलोचन - (कुछ पल बाद मोज़ेल के चेहरे को हाथों में लेकर) तो कल शादी कर लें.....?

मोज़ेल - (मुस्कुराकर) चल, कर लेते हैं।

त्रिलोचन - सिविल मैरिज में दस-पन्द्रह दिन का नोटिस देना होता है.... पूना चलें? पूना पास में ही है। फिर जॉन और मेरे दूसरे दोस्त भी वहां हैं.....। सब काम आराम से निपट जाएगा .....।

मोज़ेल - जैसा तुम्हारा मर्ज़ी...। (एक पल सोचकर) हम फ़ोर्ट में जिस स्टोर में जॉब करता है न, बस उसी के पास वाले टैक्सी स्टैण्ड पर मिलते हैं। वहीं से पूना निकल चलेंगे ......।

त्रिलोचन – कितने बजे मिलें?

मोज़ेल – बारह बजे......। बारह बजे ठीक रहेगा न तुम्हें।

त्रिलोचन – हाँ। तो ठीक है....। तय रहा.....। बारह बजे तुम्हारे स्टोर के पास वाले टैक्सी स्टैण्ड पर हम कल मिल रहे हैं।

मोज़ेल – (त्रिलोचन के गालों को प्यार से छूते हुए) तो हम चलता है? कल का सारा तैयारी भी तो करना है.....।

त्रिलोचन – (मुस्कुराकर) हाँ, जा तू......।

(त्रिलोचन, मोज़ेल को जाते हुए देखकर खुश होता है। फिर उदास हो जाता है। वह वाहे-गुरु की फोटो के आगे आकर हाथ जोड़ता है)

त्रिलोचन – अपने बंदे की ये ख़ता माफ करना, वाहे-गुरु.....।

(त्रिलोचन वाहे-गुरु के आगे शीश झुकाता है)

फेड आउट

दृश्य-8

(मंटो स्टेज पर एक स्पॉट में हैं।)

मंटो - नियत समय पर त्रिलोचन टैक्सी स्टैण्ड पर पहुँच गया और मोज़ेल का इंतज़ार करने लगा। लेकिन मोज़ेल नहीं आई। वक़्त बीतता गया, त्रिलोचन इंतज़ार करता रहा पर मोज़ेल नहीं पहुंची। (एक पल रुककर) अगले रोज़ जब त्रिलोचन, मोज़ेल के स्टोर पहुंचा तो उसे पता चला, कि मोज़ेल के एक दोस्त ने नई-नई मोटर खरीदी थी। वह अपने उसी दोस्त के साथ उसकी मोटर में बैठकर देवलाली चली गई है और लम्बे समय तक वहीं रहने वाली है। बस....। त्रिलोचन ने उसी वक़्त जी कड़ा किया और फ़ैसला किया कि उसके और मोज़ेल के किस्से को अब हमेशा के लिए ख़त्म हो जाना चाहिए।

(एक पल बाद) फिर त्रिलोचन की ज़िंदगी ने एक अलग करवट ली। कुछ ही वक़्त बाद उसकी मुलाक़ात एक दूसरी लड़की कृपाल कौर से हुई। कृपाल कौर, मोज़ेल से बिलकुल उल्ट थी। पंजाब की सिखनी तो वह कहीं से भी नहीं लगती थी। उसके नरम, नाजुक शरीर को देखकर ऐसा लगता था जैसे वह अभी बढ़वार में है। छोटे-छोटे उरोज़ थे उसके, जिन पर गोलाइयों की कुछ और तहें चढ़ने को थीं। कोरे लटठे और मर्सराइज़्ड कपड़े की तरह उसका शरीर चिकना था। वह धर्म की पाबन्द, एकदम सीधी-साधी और बहुत लजीली थी। त्रिलोचन के नज़रिये से "बहुत पवित्र।" कृपाल कौर अपने अन्धे और अपाहिज माँ-बाप और हट्टे-कट्टे भाई निरंजन सिंह के साथ रहती थी। कृपाल कौर का परिवार

मुसलमानों के मुहल्ले में रहता था। सब कुछ ठीक चल रहा था। लेकिन कुछ दिनों बाद ही हालात तेज़ी से बदलने लगे। आए दिन अख़बारों की सुर्ख़ियों में पंजाब में सिक्खों द्वारा मुसलमानों को मारने की ख़बरें आने लगीं और कृपाल कौर का मुसलमानों के मुहल्ले में रहना त्रिलोचन सिंह के लिए चिन्ता का विषय बन गया।

फेड आउट

दृश्य-9

(त्रिलोचन का घर। निरंजन बैठा है। त्रिलोचन के हाथ में अख़बार है।)

त्रिलोचन - (समझाते हुए) निरंजन..... समझने की कोशिश कर.....। हालात बहुत ख़राब हो चुके हैं। पंजाब में दंगों की आग बुरी तरह भड़की हुई है। सिख, चुन-चुनकर मुसलमानों को मार रहे हैं और पंजाब का बदला मुसलमान अपने इलाक़ों में सिक्खों को मारकर ले रहे हैं। और तुम्हारा मोहल्ला, मुसलमानों का मुहल्ला है। एकदम असुरक्षित ....।

निरंजन - (त्रिलोचन से) देख यार.... तुझे पता है.... देवलाली में अभी-अभी नया-नया ठेका लिया है, मैंने। उसे यूँ ही तो नहीं छोड़ सकता न....। जो सारा कामकाज छोड़कर यहाँ बैठ गया, तो जमने से पहले ही धंधा चौपट हो जायगा।

त्रिलोचन - (उसे घूरकर) पहले अपनी अंधी माँ, अपने अपाहिज बाप और अपनी जवान बहन की ज़िन्दगी का ठेकेदार बन तू....। उन लोगों को तो सिर्फ़ तेरा ही सहारा है .....।

निरंजन - देख, तू बेकार में डर और वहम मत पैदा कर, उन लोगों के मन में....। उन्हें अभी यहीं रहना है और चैन से रहना है..... समझा।

त्रिलोचन - चैन कहाँ है? किस तरफ है चैन? वाहे गुरु के वास्ते कुछ सोच निरंजन......। अगर तू यहाँ नहीं हुआ और रब ना करे, उस मुहल्ले में कुछ ऊँच-नीच हो गई, तो तेरी दुबली-पतली नाजुक सी बहन अपने माँ-बाप को लेकर कहाँ जाएगी....?

निरंजन - (समझाते हुए) तू जैसा सोच रहा है न, वैसा ये बॉम्बे शहर है नहीं....। मैं यहाँ बारह साल से रह रहा हूँ.....। और अभी जब लाहौर, पाकिस्तान में चला गया, तो मैं अपने पूरे परिवार को यहाँ ले आया....। तब से सब कुछ ठीक ही चल रहा है.....।

और तू क्या जानता है बॉम्बे के बारे में? तुझे तो अभी सिर्फ़ चार साल ही हुए हैं, यहाँ आए हुए.....। बात करता है.....।

त्रिलोचन - सवाल चार साल या बारह साल का नहीं है.....। सवाल है वक़्त का.....। तू उन सबको लेकर कुछ दिनों के लिए यहाँ मेरे घर आ जा...। ये आडवानी चैम्बर्स और आसपास का इलाक़ा एकदम सुरक्षित है। यहूदियों के परिवार रहते हैं, यहाँ। न उन्हें सिखों किसी से कोई मतलब, न मुस्लिमों से कुछ लेना-देना....।

निरंजन - ओ, ये कैसे हो सकता है? मेरा परिवार तेरे घर में रहे? ये नी हो सकता।

त्रिलोचन - (उसकी बात काटते हुए) हाँ, भरे-पूरे परिवार के लिए जगह थोड़ी कम है यहाँ, मेरे पास। पर मुसीबत में आदमी जैसे-तैसे गुज़ारा कर ही लेता है। मैं अपनी तरफ़ से कोई कमी नहीं रखूंगा।

निरंजन - त्रिलोचन, बात जगह की कमी की नहीं है। ये जो तू इन झगड़ों की बात कर रहा है न, ऐसे झगड़े तो लाहौर और अमृतसर में बहुत देखे हैं मैंने। कुछ नहीं होता। बहुत जल्द ही सब ठीक हो जाता है। और बॉम्बे में भी ऐसा कुछ नही होने वाला...। सेंध नहीं लग सकती, इस शहर में, इतना तो पता है मैंनू। बस अब तू बेकार की बातें करके मेरा भेजा मत खराब कर ....।

त्रिलोचन - (थोड़े गुस्से में) तू समझता क्या है बॉम्बे को? ये शहर क्या किस्से-कहानियों का कोई मज़बूत क़िला है, जो इसमें सेंध नहीं लग सकती? क्या यहाँ के मुसलमान काबे का पानी पीकर बैठे हैं या फिर सिख स्वर्ण मन्दिर के पवित्र तालाब का पानी पीकर बैठे हैं, जो एक-दूसरे को क़त्ल नहीं करेंगे...। (निरंजन गुस्से में त्रिलोचन को देखता है) और जो तुझे अपना ठेका अपने घरवालों से ज़्यादा प्यारा है, तो जा वहां। अपने माँ-बाप और कृपाल को मेरे पास छोड़ दे, कुछ दिनों के लिए....। हाथ जोड़ता हूँ, मैं तेरे....।

निरंजन - (मुस्कुराकर) अच्छा लगा मैंनूं, तू मेरे परिवार के बारे में इतना सोचता है। पर त्रिलोचन, अभी ये निरंजन ज़िन्दा है। अपने परिवार के भले-बुरे के बारे में तुझसे ज़्यादा अच्छी तरह से सोच सकता है। जो मैं देवलाली में ठेके की देखभाल के लिए

जा रहा हूँ, वो अपने लिए नहीं, अपने परिवार के लिए। हाथ पर हाथ धरकर बॉम्बे में बैठा रहा, तो रोटी कैसे खिलाऊंगा इन सबको? मेरे माँ-बाप और बहन मेरी ज़िम्मेदारी हैं और अपनी ज़िम्मेदारियों को कैसे निभाना है, मैनूं पता है। तुझसे नहीं सीखना है मुझे। समझा।....

(निरंजन नज़र उठाकर त्रिलोचन को घूरता है। त्रिलोचन को निरंजन की इस नज़र से गुस्सा आ जाता है। वह बेड पर रखा अख़बार उठाकर निरंजन को दिखता है)......

त्रिलोचन - आज का अख़बार पढ़ा तूने? कभी पढ़ता भी है तू अख़बार या नहीं....? पढ़ इसे.....।

(वह अख़बार निरंजन के हाथ में देने की कोशिश करता है। पर निरंजन अपना हाथ छुड़ा लेता है। फिर त्रिलोचन खुद ही अख़बार पढ़ने लगता है।)

त्रिलोचन - (गुस्से में तेज़ी से समझाते हुए) देख..... देख....। यहाँ देख....। क्या लिखा है इसमें....? पूरा देश हिंसा की आग में सुलग रहा है। चारों तरफ सांप्रदायिक दंगे हो रहे हैं। कोई भी शहर, कोई भी मुहल्ला इससे अछूता नहीं है। देश का विभाजन सभी के दिलों में एक अजीब-सी कड़वाहट छोड़ गया है। एक धर्म वाले, दूसरे धर्म वालों से जुनून की हद तक नफ़रत करने लगे हैं। रब दे वास्ते.... समझ....।

निरंजन - जंवाई नहीं हुआ है तू, हमारे घर का अभी, जो तुझे कृपाल की और मेरे माँ-बाप की भलाई सोचने का हक़ मिल गया है...और जो हो भी जाएगा न, तो भी मेरे माँ-बाप और बहन के लिए वो करने की नहीं सोच पाएगा, जो उनका बेटा और भाई ये निरंजन उनके लिए कर गुज़रेगा। तेरी इस भाषण बाज़ी का असर मेरी बहन पर होता होगा। मुझ पर इसका कोई असर नहीं होने वाला। समझा।?

(निरंजन ये बोलकर निकल जाता है)

त्रिलोचन - (बहुत गुस्से में निरंजन को देखकर) पछताएगा तू......। पछताएगा......।

फेड आउट

दृश्य-10

मंटो - कृपाल कौर का भाई निरंजन सिंह, त्रिलोचन के समझाने के बावजूद, ऐसे नाज़ुक माहौल में भी अपनी बहन, अपाहिज और अन्धे माँ-बाप को अकेला छोड़कर अपने नए ठेके की देखभाल के लिए देवलाली चला गया। बम्बई में दंगे भड़कने लगे और मुसलमान अपने मुहल्लों में सिखों को मारकर पंजाब का बदला लेने पर उतारू हो गये। बम्बई में कर्फ़्यू लग गया......।

(पुलिस के सायरन की आवाज़)

फेड आउट

दृश्य-11

(मंच पर अँधेरा। background में कुछ छायायें उभरती हैं। दंगे का दृश्य। शोरगुल और आवाज़ें। तभी पुलिस की सीटी की आवाज़ सुनाई पड़ती है। गोली चलने की आवाज़ आती है। पुलिस के सायरन की आवाज़। ख़ामोशी।)

पुलिस की आवाज़ - इस इलाक़े में अड़तालीस घन्टे का कर्फ़्यू लगा दिया गया है। हर ख़ासो-आम को इतला दी जाती है, कि कोई भी कर्फ़्यू की जगह पर न निकले।

(सभी तरह की आवाज़ें ख़त्म होती हैं। एक भयावह सन्नाटा।)

फेड आउट

दृश्य–12

(मंच पर एक तरफ़ प्रकाश होता है। आडवानी चैम्बर्स की छत का दृश्य। रात के तीन बजे हैं। त्रिलोचन ख़ामोशी से हाथ जोड़े बैठा कुछ बुदबुदा रहा है। वह चिन्तित लग रहा है। वह धीरे-धीरे खड़ा होता है। उसकी बुदबुदाहट तेज़ होती है। अब उसकी परेशान-सी आवाज़ सुनाई देने लगती है। वह गुरु ग्रन्थ साहब के कुछ श्लोक बोल रहा है। वह आसमान की ओर देखते हुए दोहे बोलता रहता है। वह दोहे खत्म करता है। ख़ामोशी से आसमान की ओर देखता रहता है। उसके हाथ जुड़े हुए हैं। उसकी आँखों में चिन्ता एवं परेशानी के भाव हैं।

त्रिलोचन – वाहे-गुरू....... उसकी हिफ़ाजत करना......। कृपाल कौर की हिफ़ाजत करना, रब्बा....। कई घरों में आग लगाई जा चुकी है। जाने कितनी जाने जा चुकी हैं। कोई भी मुसलमान हाथ बड़ी आसानी से मेरी नाज़ुक कृपाल की नरम कलाई पकड़कर उसे मौत के कुएं तक ले जा सकता है। आज मैं उन लोगों को वहां से निकालना चाह रहा था पर कर्फ़्यू की वजह से जा नहीं सका। चार बजने वाले हैं। आज की सुबह न जाने कितनी भयानक होगी.....। हे रब्बा..... मदद कर.....। क्या-क्या सपने देखे थे। क्या से क्या हो गया। सपने तो मोज़ेल के साथ भी बहुत देखे थे। (एक पल ख़ामोश रहकर) ये मोज़ेल का ख़्याल कहाँ से आ गया? क्यों उसकी याद ने मेरे दिल को चुटकी की तरह पकड़ लिया? वाहे गुरु कृपा करो.......।

(त्रिलोचन परेशान होकर, अपना सर पकड़कर वहीं बैठ जाता है। कुछ पल की ख़ामोशी। अचानक त्रिलोचन को विंग्स में से खड़ाऊ की खट-खट की आवाज़ आती सुनाई देती है। त्रिलोचन

नज़र उठाकर उधर देखता है)

त्रिलोचन - (खड़ा होकर) शायद कोई यहूदी औरत इधर ही आ रही है.. ... मुझे जाना चाहिये.....।

(खड़ाऊ की खट-खट क़रीब आने लगती है और फिर अचानक दूसरी तरफ से मोज़ेल enter करती है। त्रिलोचन, मोज़ेल को अचानक अपने सामने देखकर हैरान रह जाता है)

त्रिलोचन - (आश्चर्य से, ख़ुद से) मोज़ेल......।

(मोज़ेल, त्रिलोचन की उपस्थिति से बेख़बर है। उसने ढीला-ढाला चोगा पहना हुआ है। वह छत की ठण्डी हवा में खुलकर सांस लेती है और ज़ोर से अंगड़ाई लेती है)

त्रिलोचन - (खुद से) ये अचानक कहाँ से टपक पड़ी.....? और इस वक़्त छत पर क्या करने आई है?

(मोज़ेल एक बार फिर से ज़ोर से अंगड़ाई लेती है। त्रिलोचन के भीतर कुछ कसमसाता है और उसके लिए अब ख़ामोश रहना असंभव हो जाता है। वह ज़ोर से खांसता है। मोज़ेल चौंककर पलटती है और त्रिलोचन को देखती है)

मोज़ेल - त्रिलोचन.......।

(मोज़ेल उसके पास पहुचती है)

मोज़ेल - (त्रिलोचन को ध्यान से देखते हुए) तुम फिर से सिख हो गया, त्रिलोचन....? फिर से बाल और दाढ़ी बढ़ा लिया, तुमने......।

(त्रिलोचन ख़ामोश रहता है। मोज़ेल अपना हाथ त्रिलोचन की दाढ़ी के साथ रगड़ती है)

मोज़ेल - हाँ..... अब ये ब्रश इस लायक हो गया है, कि हमारा नेवी - ब्ल्यू स्कर्ट साफ़ कर सके.....। लेकिन वो तो वहीं रह गई..... देवलाली में......।

(त्रिलोचन ख़ामोश रहता है। मोज़ेल उसकी बांह में चुटकी काटती है, हंसती है)

मोज़ेल - चुप क्यों है.....? बोलता क्यों नहीं सरदारजी......?

(एक पल त्रिलोचन, मोज़ेल को ध्यान से देखता है। फिर कहता है)

त्रिलोचन – तू क्या बीमार थी.....?

मोज़ेल – (अपने बालों को झटककर) बीमार हो हमारा दुश्मन......।

त्रिलोचन – कमज़ोर सी लग रही है......।

मोज़ेल – हम पतला होना चाहता है न.....। इसलिए थोड़ा कम खा रहा है। (मोज़ेल बैठ जाती है और अपना खडाऊं फर्श पर बजाने लगती है।)

मोज़ेल – हूँ .... तो तुम फिर से, नए सिरे से सिख बन गया है......।

त्रिलोचन – (रूखे स्वर में) हाँ......।

मोज़ेल – मुबारक हो..... (वह अब खड़ाऊ पैर से उतार लेती है और उसे हाथ में पकड़कर बजाने लगती है) किसी दूसरी लड़की को प्यार करने लगा है?

त्रिलोचन – (धीरे से) हाँ.......।

मोज़ेल – मुबारक हो......। कौन है? ......इसी बिल्डिंग का है कोई?

त्रिलोचन – नहीं.....।

मोज़ेल – (खिंचाई करते हुए) बुरा बात है.....। बहुत बुरा बात है.....। आदमी को पहले अपने लोगों के बारे में सोचना चाहिए.....। उनका ख़्याल रखना चाहिए.....।

(त्रिलोचन खामोश रहता है)

मोज़ेल – वो सिखनी है क्या......?

त्रिलोचन – हाँ.....।

मोज़ेल – हाँ। उसी ने तुम्हें बाल बढ़ाने के लिए कहा है। हूँ.....।

त्रिलोचन – नहीं......।

मोज़ेल – (हंसकर) नहीं? त्रिलोचन तुम अपने बाल कटवा लो.....। क़सम से हम तुमसे शादी बना लेगा.....।

त्रिलोचन – मोज़ेल...... मैं अपनी शादी का फ़ैसला कर चुका हूँ.....। वह मेरे गाँव की सीधी-साधी लड़की है.....। धर्म की पाबन्द है। (मोज़ेल खड़ी होकर खड़ाऊ के ऊपर एक गोल चक्कर काटती है। फिर त्रिलोचन को देखती है)

मोज़ेल – बकवास। अगर वो धर्म का पाबन्द है, तो तुमसे कैसे शादी बनाएगा? क्या उसे पता नहीं, कि एक बार तुम अपने बाल

कटवा चुका है......?

त्रिलोचन - नहीं......। उसे अभी इस बारे में कुछ नहीं मालूम है। दाढ़ी और बाल मैंने तुम्हारे देवलाली जाने के बाद ही बढ़ाने शुरू कर दिये थे....प्रायश्चित के तौर पर......। और मेरी मुलाक़ात कृपाल से बाद में हुई थी......। (अपनी पगड़ी को छूते हुए) मैं पगड़ी इतनी सफाई से बांधता हूँ, कि ज़्यादातर लोगों को पता ही नहीं चलता कि मेरे बाल कटे हुए हैं......। अब ये बहुत जल्द ही लम्बे हो जायेंगे......।

(मोज़ेल अपना चोगा उठाकर अपनी टांगे खुजाना शुरू कर देती है।)

मोज़ेल - गुड, वेरी गुड.....। (टांग खुजाते हुए) कमबख़्त मच्छर यहाँ भी मौजूद हैं.....। देखो, कितनी ज़ोर से काटा है......। देखो .....।

(मोज़ेल अपना चोगा थोड़ा ऊपर करती है। त्रिलोचन दूसरी और मुंह घुमा लेता है। मोज़ेल टांग खुजाकर सीधी खड़ी हो जाती है)

मोज़ेल - ये तो बताओ...... कब बना रहा है तुम शादी?

त्रिलोचन - अभी कुछ पता नहीं है.......।

मोज़ेल - क्यों.....?

(त्रिलोचन खामोश रहता है)

मोज़ेल - क्या बात है त्रिलोचन?

(त्रिलोचन पशोपेश में है। वह सोचता है, कि मोज़ेल को पूरी बात बताए या नहीं। फिर बता देता है।)

त्रिलोचन - दरअसल कृपाल कौर भिण्डी बाज़ार में रहती है। वो कट्टर मुसलमानों का मोहल्ला है। दंगों के कारण वहां क़र्फ्यू लगा हुआ है। इस बीच मुसलमानों ने अगर उसे कुछ कर दिया तो (परेशान होकर) पता नहीं क्या होगा?

(मोज़ेल हंसती है।)

मोज़ेल - हम जानता है तुम एक नम्बर का इडियट है.....। अहमक है पूरा.....। जाओ और उसे वहां से यहाँ ले आओ.....।

त्रिलोचन - पर कैसे ले आऊं?

मोज़ेल - अपने इन दो पैरों पर चलकर जाओ.....। उसका हाथ पकड़ो

और ले आओ, यहाँ.....। इसमें क्या मुश्किल है?

त्रिलोचन – (रोष में) मुश्किल ही मुश्किल है......। किसी भी मामले की गम्भीरता तुझे कभी समझ में नहीं आती.....। तू एक बहुत ही ग़ैर-ज़िम्मेदार लड़की है......। इसी वजह से तेरा-मेरा रिश्ता टूट गया। .... और जिसका मुझे ज़िन्दगी भर अफ़सोस रहेगा।

मोज़ेल – अफ़सोस.....? my foot .... सिली, इडियट.....। हद हो गया....। तुम इस वक़्त हमारे और अपने टूटे हुए रिश्ते का रोना रो रहा है, जबकि इस वक़्त तुम्हें उसके बारे में सोचना चाहिए, जिससे तुम रिश्ता बनाना चाहता है.....। क्या नाम है उसका, जिससे शादी बनाने की बात सोच रहा है तुम.....? ये सोचना चाहिए तुम्हें, कि उसे किस तरह बचाकर लाया जाए.....? तुम सचमुच एक सिली किस्म का आदमी है.....। fool है तुम... ..fool। तुम्हारा और हमारा रिश्ता कभी चल ही नहीं सकता था.....। अच्छा हुआ, कि हमने शादी नहीं बनाया.....। हमको एक साहसी आदमी चाहिए और तुम डरपोक है। छोड़ो.... ये वक़्त इन बातों का नहीं है.....। चलो, तुम्हारी उस..... कौर को ले आते हैं......।

(मोज़ेल, त्रिलोचन की बांह पकड़ लेती है। त्रिलोचन घबरा जाता है।)

त्रिलोचन – लेकिन कहाँ से......?

मोज़ेल – वहीं..... भिण्डी बाज़ार से......। हम उस मुहल्ले की एक-एक ईट से वाकिफ़ है.....। चलो, जल्दी करो......।

त्रिलोचन – लेकिन वहां तो कर्फ़्यू है......।

मोज़ेल – मोज़ेल के लिए नहीं.....। चलो, आओ.....।

(मोज़ेल उसे खींचती है। फिर एक पल रुककर उसे पलटकर देखती है)?

त्रिलोचन – क्या हुआ......?

मोज़ेल – तुम्हारी ये दाढ़ी.......। चलो, कोई बात नहीं......। बहुत बड़ा नहीं है......। लेकिन ये पगड़ी उतार देना......। नंगे सर चलना.....। किसी को पता नहीं चलना चाहिए, कि तुम सिख हो......।

त्रिलोचन - (बौखलाकर) नंगे सर.....? मैं नंगे सर नहीं जाऊँगा......।

मोज़ेल - (भोलेपन से) क्यों.....? क्यों नहीं जायेगा नंगे सिर?

त्रिलोचन - तू समझ नहीं रही है.......। मेरा वहां बिना पगड़ी के जाना ठीक नहीं है.......।

मोज़ेल - क्यों ठीक नहीं है.......?

त्रिलोचन - (उलझन में) क्योंकि ... क्योंकि उसने मुझे अभी तक नंगे सिर नहीं देखा है.......। वो समझती है, कि मेरे केश हैं। मैं उसे ये राज़ पता नहीं लगने देना चाहता.......।

(मोज़ेल गुस्से से खड़ाऊ उठाकर ज़ोर से ज़मीन पर मारती है)

मोज़ेल - (गुस्से से) गधा कहीं का..... इडियट। वो लड़की जिससे तुम प्यार करता है....... उसका जान का सवाल है और तुम......।

त्रिलोचन - वह धार्मिक किस्म की लड़की है, मोज़ेल......। समझा कर......। अगर उसने मुझे नंगे सिर देख लिया, तो मुझसे नफ़रत करने लगेगी......।

मोज़ेल - क्या इतना छोटा है तुम्हारा प्यार......? क्या सारा सिख तुम्हारी तरह बेवकूफ़ होता है......। उसका जान ख़तरे में है और तुम कह रहा है, कि तुम पगड़ी ज़रूर पहनेगा...... और शायद अपना अंडरवियर भी पहनेगा, जो नेकर की तरह का होता है......।

त्रिलोचन - वो तो मैं हमेशा पहनता हूँ........।

मोज़ेल - (clap करते हुए) वाह...... वाह......। बहुत अच्छा करता है. ..... (tone बदलकर) अब तुम एक बात ध्यान से सुनो.....। हम उस मुहल्ले में जा रहा है, जहाँ सिर्फ़ मियां भाई रहते हैं...... और वो भी बड़े-बड़े दादा और बवाली। अगर तुम वहां पगड़ी पहनकर जाएगा, तो ज़िन्दा वापस नहीं आ पाएगा.....। वहीं क़त्ल करके गाड़ दिया जाएगा.....। समझा.......।

त्रिलोचन - (निर्णय के स्वर में) कुछ भी हो......। अगर मैं तुम्हारे साथ वहां जाऊँगा, तो पगड़ी पहने हुए ही जाऊँगा.....। मैं अपना प्यार ख़तरे में नहीं डाल सकता......।

मोज़ेल - (बड़े गुस्से में ज़ोर से साँस लेती है और रोष से चिल्लाती है) गधा है तुम....... पूरा गधा। तुम्हारा प्यार कहाँ बचेगा, जब तुम

नहीं बचेगा.....। जब वो लड़की....... वो नहीं बचेगा.....। उसका परिवार नहीं बचेगा......। तुम सचमुच सिख हो..... बड़े इडियट सिख हो...... अक्ल बेच खाया है तुमने....। O Jesus.......।

त्रिलोचन – (भिन्नाकर) बकवास मत कर तू.......।

(मोज़ेल, त्रिलोचन को देखती है और ज़ोर से हंसती है। फिर अपनी बाहें उसके गले में डाल देती है।)

मोज़ेल – ठीक है...... त्रिलोचन डार्लिंग....। जैसा तुम्हारा मर्ज़ी.....। पगड़ी पहने रहो, कृपाण और ले लो....। निहंग का चोला क्यों नहीं पहन लेते, तुम? जिससे दूर से पता चले, सरदार आ रहा है.....। चलो, खुश रहो तुम......।

त्रिलोचन – मैं घर बंद करके आता हूँ......।

मोज़ेल – ठीक है.......। हम तुमको नीचे मिलता है......। (मोज़ेल जाने लगती है)

त्रिलोचन – (उसे आवाज़ देकर) तुम कपड़े नहीं बदलोगी.......?

मोज़ेल – (पलटकर, हंसकर) तुम्हारी शादी में जा रहे हैं क्या.....? हमको चलता है, ऐसे ही......।

(मोज़ेल चली जाती है। त्रिलोचन भी उसके पीछे–पीछे जाता है)

फेड आउट

दृश्य-13

(सड़क का दृश्य। मोज़ेल टांगे फैलाए खड़ी सिगरेट पी रही है। त्रिलोचन enter करता है। त्रिलोचन उसके करीब आता है)?

त्रिलोचन - चलो......।

(मोज़ेल मुँह में ढेर सारा सिगरेट का धुँआ भरती है और त्रिलोचन के मुहं पर छोड़ती है।)

त्रिलोचन - (बुरा-सा मुँह बनाकर) बहुत बुरी है तू.......।

मोज़ेल - पता है हमको, ये कौन-सा नया बात कहा तुमने......। पहले भी... लोग ये कह चुके हैं, हमको.....। (उसकी पगड़ी की ओर देखती है) चलो ....।

(दोनों विंग्स में जाकर, दूसरे विंग्स से निकलते हैं जैसे दूसरे..... रास्ते पर आ गए हों।)

मोज़ेल - (त्रिलोचन से) आम तौर से इस समय ट्रामें शुरू हो जाती हैं....। अच्छा-ख़ासा चहल-पहल हो जाता है.....। लेकिन कर्फ़्यू की वजह से इस वक़्त, आज सब कुछ कितना सुनसान है.....। है न!

(मोज़ेल, त्रिलोचन के जवाब की परवाह किए बिना आगे बढ़कर विंग्स में चली जाती है। त्रिलोचन अभी स्टेज पर ही है)

त्रिलोचन - (ख़ुद से) कपड़े नहीं बदले इसने, न सही। कम से कम ये बेहूदा खड़ाऊँ तो बदलकर कुछ और पहन सकती थी। मैं कहूँगा खड़ाऊँ उतारकर नंगे पैर चल, तो मानेगी थोड़े ही मेरी बात। कितना शोर हो रहा है, इस सन्नाटे में इसकी खड़ाऊँ की खट-खट से। डर-सा लग रहा है।

(मोज़ेल वापस लौटती है)

मोज़ेल - (त्रिलोचन से) कितना धीरे चल रहा है तुम.....। जल्दी चलो।

(मोज़ेल विंग्स में चली जाती है। त्रिलोचन वहीं खड़ा रहता है।)

त्रिलोचन – (मोज़ेल जिस दिशा में गई है, उस तरफ देखते हुए, ख़ुद से) कर्फ़्यू के ख़िलाफ एक अजीब-सा साहस है, इस मोज़ेल में। ख़तरों से खेलना इसे हमेशा से पसन्द है। पहले भी मेरे साथ जहाँ जाती थी, मेरे लिए एक मुसीबत सी बन जाती थी।

(विंग्स में से मोज़ेल की आवाज़ आती है।)

मोज़ेल की आवाज़ – "त्रिलोचन..... जल्दी आओ।"

(त्रिलोचन जल्दी से विंग्स में जाता है।)

(मोज़ेल किसी दूसरे विंग्स में से निकलती है। पलटकर देखती है। त्रिलोचन को अपने पीछे न देखकर वह फिर उसे आवाज़ देती है)

मोज़ेल – त्रिलोचन........।

(त्रिलोचन घबराया हुआ सा enter करता है।)

त्रिलोचन – (घबराकर) मोज़ेल तू इतनी ज़ोर-ज़ोर से मुझे आवाज़ मत दे और ज़रा मेरे साथ-साथ चल। कहीं आसपास से कोई छुरा-चाकू लेकर न निकल आए।

(त्रिलोचन घबराकर चारों ओर देखता है। मोज़ेल उसे एक पल देखती है। फिर उसकी बांह पकड़ती है।)

मोज़ेल – त्रिलोचन डियर, इस तरह डरो मत। अगर डरोगे, तो ज़रूर कुछ न कुछ होकर रहेगा, ये बात हमारा आज़माया हुआ है। हिम्मत रखो और चलो।

(त्रिलोचन घबराकर विंग्स की तरफ कुछ देखता है और मोज़ेल को इशारा करता है।)

त्रिलोचन – वो देखो......।

मोज़ेल – (पलटकर, देखते हुए) ओह! दुकान लूटा जा रहा है।

त्रिलोचन – कितनी शांति से हो रहा है, ये सब!

मोज़ेल – कोई बात नहीं....... चलो।

(मोज़ेल विंग्स में जाती है। त्रिलोचन उसके पीछे जाता है)

(एक spot उभरता है, जिसमें मंटो खड़े दिखाई देते हैं)

मंटो – साहस से भरी हुई मोज़ेल कर्फ़्यू के ख़तरों को चुनौती देती हुई आगे बढ़ रही थी। एक पुलिसवाले ने उन्हें टोका तो बड़े ही आत्मविश्वास के साथ मोज़ेल ने उससे कहा कि "हम मोज़ेल। तुम हमको पहचानता नहीं। उधर हमारा बहन रहता है। उसका

तबियत ख़राब है। डॉक्टर लेकर जा रहा है।" मोज़ेल ने उसे सिगरेट ऑफ़र की। अपने मुँह से सुलगी हुई सिगरेट निकाल कर उसकी सिगरेट जलाई, दायीं आँख उसे और बायीं आँख त्रिलोचन को मारी और खटपट करती हुई आगे चल पड़ी। थोड़ी ही दूर पर एक आदमी, जो कि सिर पर एक बड़ी-सी परात उठाए चला जा रहा था, त्रिलोचन से टकरा गया। उसकी परात गिर गई। एक पल में ही वह पहचान गया कि त्रिलोचन सिख है। उसने अपने धड़ पर, छुरा निकालने के लिए हाथ डाला। तभी तेज़ी से लड़खड़ाती हुई मोज़ेल उस आदमी के सामने यूँ आ गई, जैसे नशे में चूर हो। और उससे कहने लगी कि "तुम क्या अपने भाई को मरेगा? हम इससे शादी बनाने जा रहा है।" और बड़े ही आत्मविश्वास के साथ त्रिलोचन से बोली कि "करीम इसका परात उठाकर इसके सिर पर रख दो।" उस आदमी ने मोज़ेल की छाती में एक टोहका मारा और "ऐश कर साली, ऐश कर" बोलकर अपनी परात उठाकर चलता बना।

(मंटो का spot off होता है।)

(मोज़ेल और त्रिलोचन enter करते हैं)

त्रिलोचन - (गुस्से में) कैसे टोहका मारा तुझे......। हरामज़ादा। कैसा बेहूदा काम किया है साले ने।

मोज़ेल - कोई बेहूदा काम नहीं। चलता है सब.....। (वह विंग्स में देखती है) सामने उसका मुहल्ला है। किस गली में चलना है?

त्रिलोचन - तीसरी गली में। नुक्कड़ वाली बिल्डिंग।

मोज़ेल - चलो......।

(त्रिलोचन और मोज़ेल विंग्स में जाते हैं)

(मंटो का spot on होता है)

मंटो - मोज़ेल तीसरी गली की ओर बढ़ रही थी। त्रिलोचन उसके पीछे था। एक भयावह सन्नाटा-सा छाया हुआ था। आसपास घनी आबादी थी लेकिन एक बच्चे के रोने की आवाज़ तक सुनाई नहीं पड़ती थी। जब वो उस गली के पास पहुंचे तो साफ गड़बड़ दिखाई दे रही थी। एक आदमी बड़ी तेज़ी से एक बिल्डिंग से निकला और दूसरे किनारे वाली बिल्डिंग में घुस

गया। उस बिल्डिंग से फिर तीन आदमी निकले। उन्होंने तेज़ी से इधर-उधर देखा और फिर बड़ी फुर्ती से एक और बिल्डिंग में चले गए। और अब जो कुछ हो रहा था, वो बहुत भयंकर था। बाएं हाथ की बिल्डिंग से जब दो आदमी अपनी पीठ पर दो औरतों को उठाए निकले, तो मोज़ेल ने जो देखा, उसे देखकर वो सारी की सारी कांप गई।

(मंटो का spot off होता है)

(मोज़ेल और त्रिलोचन मंच पर खड़े हैं। मंच पर प्रकाश)

मोज़ेल - (त्रिलोचन से) त्रिलोचन डियर, अब भी वक़्त है, ये पगड़ी उतार दो।

त्रिलोचन - मैं ये किसी हाल में नहीं उतार सकता।

मोज़ेल - तुमने देखा न, अभी क्या हुआ। (अपने होंठ काटकर) वो लाल-लाल गाढ़ा खून, जो उन दो औरतों की लाश से टपक रहा था, देखा था न तुमने.......।

(त्रिलोचन घबराया हुआ-सा मोज़ेल को देखता है।)

मोज़ेल - त्रिलोचन डार्लिंग, तुम्हारी इस धर्म की कट्टरता का एक दिन तुम्हें बहुत बड़ा क़ीमत चुकाना पड़ेगा.....।

(ये बोलकर मोज़ेल आगे बढ़ जाती है। त्रिलोचन उसके पीछे जाता है।)

मोज़ेल - अच्छा सुनो, हम भागकर नुक्कड़ वाली बिल्डिंग में जाता है। कौन सा मंज़िल है?

त्रिलोचन - दूसरी......।

मोज़ेल - हम भागकर जाएगा और तुम, हमारे पीछे आना, बड़ी तेज़ी से। ऐसे, जैसे तुम, हमारा पीछा कर रहा है। समझ गया न। और ये सब एकदम जल्दी-जल्दी में होना चाहिए। चलो आओ......।

(मोज़ेल, त्रिलोचन को बिना देखे, तेज़ी से खडाऊं धड़धड़ाती हुई विंग्स में चली जाती है। त्रिलोचन को मोज़ेल की बात समझने में एक पल लगता है। फिर वो भी तेज़ी से उसके पीछे भागता है।)

फेड आउट

दृश्य-14

(कृपाल कौर के घर का दृश्य। मंच पर प्रकाश होता है। मंच पर कोई नहीं है। खटखटाहट की आवाज़ के साथ ही नेपथ्य से त्रिलोचन की आवाज़ सुनाई देती है)

त्रिलोचन की आवाज़ - "महंगा सिंह जी ...... महंगा सिंह जी .....।"

(बहुत घबराई हुई कृपाल कौर, दूसरी तरफ से स्टेज पर enter करती है। खटखटाहट और त्रिलोचन की आवाज़ फिर से सुनाई पड़ती है।)

त्रिलोचन की आवाज़ - "महंगा सिंह जी... दरवाज़ा खोलिए.....।"

कृपाल कौर - (दरवाज़े तक जाकर) कौन है?

त्रिलोचन की आवाज़ - "त्रिलोचन.....।"

(कृपाल कौर दरवाज़ा खोलती है। त्रिलोचन और मोज़ेल तेज़ी से अन्दर आते हैं। त्रिलोचन दरवाज़ा बन्द करता है। घबराई हुई कृपाल कौर को मोज़ेल एक पल ध्यान से देखती है। फिर उसे, वह अपने सीने से लगा लेती है।)

मोज़ेल - (कृपाल से) अब डरने का कोई ज़रूरत नहीं......। क्या नाम है तुम्हारा.....?

कृपाल - कृपाल कौर.......।

मोज़ेल - हाँ.... कौर....। देखो, त्रिलोचन तुम्हें लेने आया है। तुम जल्दी से तैयार हो जाओ.....। तुम्हारी बिल्डिंग की पूरी सीढ़ियों पर ख़ून ही ख़ून बिखरा हुआ है। हमारे पास वक़्त बहुत कम है.....।

(कृपाल, त्रिलोचन को सहमी हुई निगाहों से देखती है। फिर ..... मोज़ेल से धीरे-से अलग हो जाती है)

त्रिलोचन - कृपाल..... सरदार साहब से कहो, तुरंत तैयार हो जायें और

माताजी से भी.....। जल्दी करो....।

(तभी नेपथ्य से चीख़-पुकार की आवाज़ें आती हैं।)

आवाज़ें - "बचाओ.....।" "छोड़ दो मुझे।" "पकड़ो हरामज़ादे को।" "भाग रहा है साला।" "जाने मत देना।"

(किसी लड़की की "तेज़ चीख़" की आवाज़)

(कृपाल बुरी तरह कांपने लगती है)

कृपाल - उन्होंने पकड़ लिया उसे......।

मोज़ेल - पकड़ लिया तो अच्छा हुआ......। (त्रिलोचन से) त्रिलोचन..... तुम दोनों निकल जाओ, जल्दी....।

त्रिलोचन - (कृपाल से) आओ.....।

(लेकिन तभी त्रिलोचन पलटता है और मोज़ेल की तरफ देखता है)

मोज़ेल - (चिढ़कर) तुम जाते क्यों नहीं......?

त्रिलोचन - इसके मां-बाप....।

मोज़ेल - (चिढ़चिढ़ी होकर) जहन्नुम में गए, वो.....। तुम इसे लेकर जाओ.....। वक़्त नहीं है.....।

(त्रिलोचन और कृपाल जाने के लिए जैसे ही दरवाज़े की ओर बढ़ते हैं, उसी पल ज़ोर-ज़ोर से दरवाज़ा पीटने और भीड़ की चीख़-चिल्लाहट की आवाज़ आती है।)

भीड़ - "खोलो दरवाज़ा.....। दरवाज़ा खोलो, वरना हम दरवाज़ा तोड़ देंगे।"

(दरवाज़ा पीटने की आवाज़)

मोज़ेल - त्रिलोचन..... अब बस एक ही तरक़ीब रह गई है.....। हम दरवाज़ा खोलेगा.....।

कृपाल - (चीख़कर) नहीं.......।

मोज़ेल - हमारी बात ध्यान से सुनों, त्रिलोचन.....। हम दरवाज़ा खोलकर बाहर भागेगा, तुम उसी तेज़ी से हमारे पीछे भागेगा.....। हम सीढ़ियाँ चढ़ता जाएगा और तुम हमारे पीछे-पीछे आएगा। ये सब लोग हमारे पीछे भागेंगे और तुम्हारी ये... (कृपाल को देखकर) मौक़ा पाकर यहाँ से भाग जाएगा। (कृपाल से) चलो..... ये कपड़े उतारो जल्दी.....।

कृपाल - नहीं.....।

मोज़ेल - कपड़े उतारो सिखनी और ये हमारा चोगा पहन लो और बाल भी खोल लो.....। हमारे कपड़ों में तुम्हें कोई कुछ नहीं कहेगा.....।

त्रिलोचन - और तुम....?

मोज़ेल - हम नंगा भागेगा.....।

त्रिलोचन - क्या?

मोज़ेल - हाँ... नंगा। हम इनसे बड़ा तमाशा करेगा। धर्म के इनके खोखले तमाशे से ज़्यादा बड़ा तमाशा खड़ा करेगा हम और ये भीड़ सब कुछ भूलकर हमारे नंगे जिस्म के पीछे भागेगी.......।

(मोज़ेल आगे बढ़कर कृपाल को पकड़ती है।)

मोज़ेल - चलो..... जल्दी करो..... उतारो कपड़े.....।

(त्रिलोचन दूसरी ओर मुहं फेर लेता है। मोज़ेल कृपाल की सलवार का नाड़ा खोलने के लिए हाथ बढ़ाती है। भीड़ के दरवाज़ा पीटने की आवाज़ आती है।)

फेड आउट

दृश्य-15

(त्रिलोचन के घर का दृश्य। कृपाल कौर, मोज़ेल के कपड़ो में है और बहुत परेशान लग रही है। वह दरवाज़े की ओर देखती है। फिर उठकर बेचैनी से टहलना शुरू कर देती है। कुछ पल बाद त्रिलोचन प्रवेश करता है। वह बिलकुल टूटा हुआ है। उसके चेहरे पर गहरे दर्द की रेखाएं हैं। कृपाल कौर तेज़ी से त्रिलोचन के क़रीब जाती है।)

कृपाल - क्या हुआ जी.....? मोज़ेल कहाँ है?

(त्रिलोचन ख़ामोश-सा चुपचाप बैठ जाता है। कृपाल उसके क़रीब आती है। त्रिलोचन की आँखों में आंसू हैं।)

कृपाल - मैंनू कुछ बताओ तो......।

त्रिलोचन - (भरी आँखों से) तू बर्दाश्त नहीं कर पाएगी....। बहुत तकलीफ़ होगी, तुझे......।

कृपाल - (परेशान-सी) तुस्सी नहीं बताओगे, तो ज़्यादा तकलीफ़ होगी....। बताओ न, क्या हुआ?

त्रिलोचन - मोज़ेल ने कहा था, कि वो धर्म के तमाशे से ज़्यादा बड़ा तमाशा खड़ा करेगी, जिससे तू भाग सके....। बस वह ज़ोर से चिल्लाकर, नंगी उस तमाम भीड़ के ऊपर गिर पड़ी....। (मोज़ेल की चीख़ की आवाज़) लोग बौखला गये, वो समझ ही नहीं पाए, कि हुआ क्या.....। वो ऊपर सीढ़ियों की तरफ़ तेज़ी से भागी.....। (मोज़ेल के खड़ाऊ की तेज़ भागने की खट-खट की आवाज़) मैं प्लान के मुताबिक़ उसके पीछे भागा......। वह तेज़ी से सीढ़ियाँ चढ़ रही थी.....। वे लोग, जो तेरे घर का दरवाज़ा तोड़ने की कोशिश कर रहे थे.... सब कुछ भूलकर हम दोनों के पीछे भागे.....। हम छत पर पहुंचे.....। वे

लोग हमारे पीछे थे....। वो समझ नहीं पा रहे थे कि हो क्या रहा है....। कुछ पल मोज़ेल छत पर मुझे और उन लोगों को यूँ ही बेमतलब अपने पीछे छकाती रही..... ताकि तू भाग सके और उसके बाद वो तेज़ी से सीढ़ियाँ उतरने लगी और तभी वो हादसा हुआ.....। भयानक, दर्दनाक हादसा.....। मोज़ेल का पाँव खड़ाऊं की वजह से फिसल गया .....। वह कुछ इस तरह गिरी कि पथरीली सीढ़ियों पर लुढ़कती चली गई और उसका सिर लोहे के जंगले से टकराता चला गया......। वो सम्भल ही नहीं सकी.....। मैंने उसके आगे कूदकर उसको पकड़ने की लाख कोशिश की, पर मैं उसे लांघ ही नहीं पाया.....। वह बुरी तरह उलझकर एकदम नीचे गिर गई..... पथरीले फर्श पर.....।

कृपाल - (तकलीफ़ से) हाय रब्बा.....।

त्रिलोचन - मैं भागता हुआ नीचे उतरा तो देखा, वो एकदम बेजान पड़ी थी....। उसके मुहं, नाक, कान से..... सब जगह से ख़ून निकल रहा था......। तब तक ऊपर से पूरी भीड़ भी आ गई और उसके आस-पास तमाशबीनों की तरह जमा हो गई.....। किसी ने पूछने की ज़रूरत ही नहीं समझी, कि हुआ क्या.....? सब ख़ामोश थे और उसके नंगे जिस्म को घूर रहे थे.....। जिस पर जगह-जगह खरोंचे पड़ीं हुई थीं। मैंने अपनी पगड़ी उतारी और उसके नंगे जिस्म को ढक दिया। उसने तेरे बारे में इशारे से पूछा। मैंने भी आँखों ही आँखों में इशारा किया, कि तू महफ़ूज़ है।

त्रिलोचन - मैंने उसकी बांह हिलाई और उसे ज़ोर से पुकारा....।

(पुकारकर) मोज़ेल...।

(त्रिलोचन आगे की ओर बढ़ता है। एक spot on होता है और कृपाल कौर की light fade out होती है। कृपाल कौर की exit। त्रिलोचन अकेला spot में खड़ा है।)

त्रिलोचन - (भरी आँखों से) मोज़ेल ने धीरे से आँखे खोलीं और मुस्कुराने की कोशिश की। और तभी उसके मुहँ से ढेर सारा खून निकला। अपनी कमज़ोर बांह से उसने अपना ख़ून पोछा और मेरी और देखकर बोली "हमने ठीक किया न त्रिलोचन

डार्लिंग।" (pause) मरने से पहले उसने अपने जिस्म से मेरी पगड़ी हटा दी।

मोज़ेल की आवाज़ – "हटाओ इसे, अपने धर्म को हमारे ऊपर से। घुटन होती है, धर्म के नाम से हमको। किसी भी धर्म को ओढ़े बिना मरना चाहता है, हम।"

त्रिलोचन – मोज़ेल, मेरा पहला प्यार मोज़ेल (भरी आँखों और भरी आवाज़ के साथ)। वो अक्खड़ यहूदी लड़की, वो सरफिरी बेपरवाह मोज़ेल। वो खट-खट-खट खड़ाऊं चलती मोज़ेल। मोज़ेल, वो आज चली गई। (pause) अपने केश कटवाना, अपने धर्म के विरुद्ध जाना कितनी बड़ी घटना थी मेरे लिए.....। और मोज़ेल ने..... बिना किसी धर्म की परवाह किए मेरे लिए अपनी जान दे दी। और मैं, मैं फ़ूल त्रिलोचन.... हमेशा उसे बेवफ़ा और निर्दयी समझता रहा.....

(त्रिलोचन रो पड़ता है।)

फेड आउट

दृश्य - 16

(मंच पर एक spot on होता है, जिसमें मोज़ेल का बेजान जिस्म एक सफ़ेद चादर से ढका हुआ है। उसका केवल चेहरा दिख रहा है। background में sad music बज रहा है। दूसरा spot on होता है। इसमें मंटो दिखाई देते हैं।)

मंटो - मोज़ेल ने अपने जिस्म से, त्रिलोचन की पगड़ी हटा दी थी और जब लोग उसके नंगे जिस्म को देखकर थक गए तो किसी ने उसकी लाश पर सफ़ेद चादर डाल दी थी। सफ़ेद चादर का तो कोई धर्म नहीं होता न। धार्मिक आडम्बरों, रूढ़ियों और रस्मों को तोड़ती हुई एक शिद्दत भरी यहूदी लड़की थी, मोज़ेल। अपनी छोटी-सी ज़िन्दगी में बनावट, लफ़्फ़ाज़ी, छदम और पाखण्ड को उधेड़ कर रख दिया था, मोज़ेल ने। क़लम के क़दम उखड़-उखड़ से जाते हैं, जब क़ौमी दंगे अपने-आप में इतने भयावह हादसे दिखा जाते हैं। ज़िन्दादिली से भरी मोज़ेल जो हवा के ताज़े झोंके की तरह इस दुनिया में आई और उतनी ही तेज़ी से रुख़सत भी हो गई। वह दुनिया को एक ही धर्म से रूबरू करा गई और वह धर्म है "इंसानियत"।

(मंटो, मोज़ेल के spot में पहुंचते हैं। मंटो का spot off होता है। मंटो, मोज़ेल पर पड़ी सफ़ेद चादर को खींचकर उसका चेहरा ढक देते हैं। और ख़ामोश खड़े हो जाते हैं। background में हल्का-हल्का sad music ग़मगीन माहौल को highlight करता रहता है)

समाप्त।